파문

파문

장남수 소설집

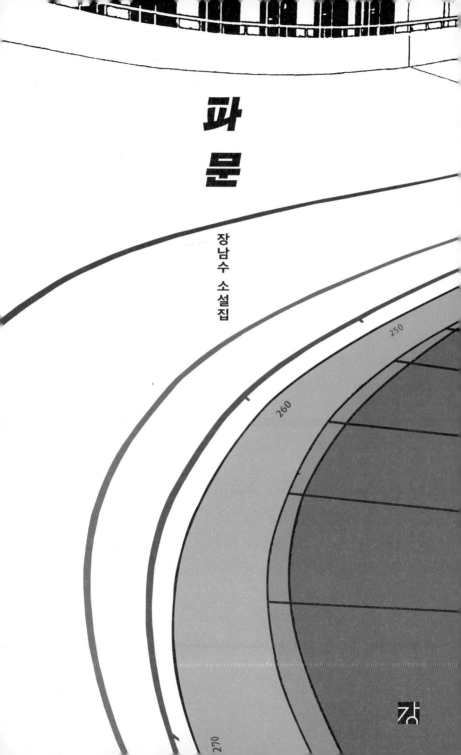

차 례

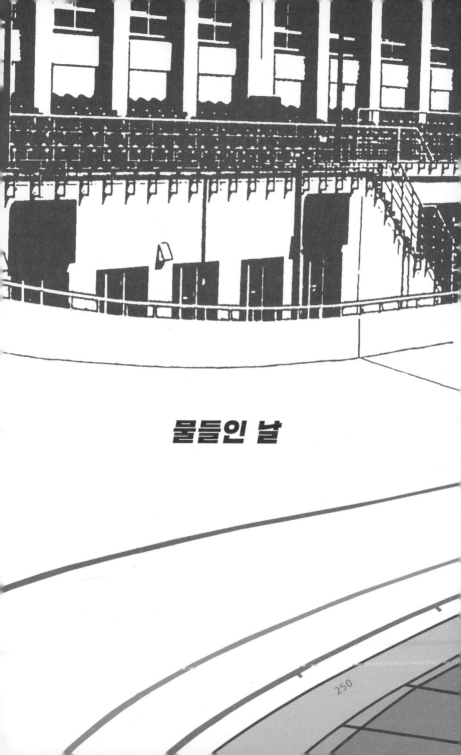

물들인 날

언니의 일자리를 구하러 가던 날은 더웠다. 신도림역 바깥 작은 공원 벤치는 한바탕하고 간 소나기를 머금고 반짝였다. 나뭇가지 사이로도 한낮의 열기가 자글거렸다. 양산을 펼쳐 들고 두리번거리니 빨간 티셔츠를 입은 언니 얼굴이 삐죽 들어왔다. 십 분이나 일찍 도착했다는 언니, 그럴 줄 알았다.

광장 옆으로 버스 환승장이 보였다. 더운 날씨 탓인지 버스는 텅 비어 있어 널찍하게 엉덩이를 걸쳤다. 지하철보다 훨씬 시원했다. 기사가 출발 시동을 걸면서 잠시 중단되었던 라디오 소리가 이어졌다. 폭염 만큼이나 세상 돌아가는 이야기는 대개 답답하고 열을 보태기 일쑤지만 오늘따라 진행자의 음성이 더 귀에 꽂혔다. "최근 아동 그루밍 성범죄 사건들이 세상을 놀라게 하였습니다. 오늘은 관련 전문가와 함께 이 문제를 이야기해보겠습니다. 박사님 나오셨습니다." 얼핏 스친 언니의 눈길이 창밖의 플라타너스로 향했다. 냉방이 너무 센가, 가느다란 팔에 오소소 소름이 돋는 듯해 나는 가방을 뒤적여 겉옷을 꺼냈다.

이름 박정임, 주소 구로구 개봉동…… 필체가 좋은 언니는 삼십 년 이상 별로 쓸 일이 없었을 모국어로 이력서를 채워나가더니 잠시 멈칫했다. 학력을 적는 칸이었다.

"적을 학력이 별로 없는데……"

여성 일자리 지원센터 선배의 눈길이 웅얼거리는 언니 얼굴을 슬며시 비껴갔다. 언니는 잠시 망설이더니 중졸 칸에 V자를 표시했다.

이력을 적는 칸에서도 언니는 머뭇거렸다.

"어디서부터 적어야 하죠? 한국에서부터?"

"이력이 많으신가 보네요, 그냥 미국에서 일하신 것만 적으세요."

선배가 괜찮다는 표정으로 말했다. 일식당 운영, 네일아트 가게 직원, 네일아트 운영……

"사실은 이것뿐이에요. 네일아트만 이십 년 넘게 했거든요."

"그 자격증도 적어. 네일 아트 라이선스."

좀 빈약한 듯해 내가 거들었다.

언니는 그거야 뭐, 하는 표정이었다.

"영어도 좀 하세요?"

선배가 물었다. 언니는 나를 힐끗 보더니 턱을 엇비슷하게 돌리고 말했다.

"제가 미국에 오래 살아서 입은 대충 트였지만, 워낙 학문이 짧네요. 일상 대화는 하고 살았지만, 문서를 보거나 쓰는 건 어려워요. 책상 앞에서 하는 일이 아니었으니 굳이 필요하지도 않았고요."

선배는 고개를 끄덕였고, 언니는 끝 칸에 사인한 후 포크를 집어 접시의 수박을 찍었다.

"근데 네 아들은 어때? 유학 중이라고 했지?"

선배는 내 아들의 안부를 물어주었다.

"잘하고 있어요. 둘째도 올해 들어갔고."

"애들이 어릴 때부터 똑똑하더라고요, 그건 이모를 닮았나? 하하."

언니가 끼어들었다.

"언니가 똑똑하셨을 것 같네요."

까만 수박씨 하나를 뱉어낸 후 휴지로 입을 닦으며 선배가 응수했다. 말 부조에 고무된 언니는 당당하게 덧붙였다.

"제가 여력이 없어 공부는 못했지만 하면 또 제대로 하죠, 살기가 바빠 젊은 날은 지나갔지만 늦게라도 도전할까 해요. 마음만 먹으면 공부할 수 있는 곳이 많더라고요. 인터넷으로도 되고 일요일만 출석하면 되는 곳도 있고. 알아보니 신대방동, 부천, 여러 곳에 많던데요."

나는 화제가 엇나가는 것 같아 언니의 이력서를 끌어당겨 훑었다. 선배가 빙그레 웃으며 대화의 본줄기를 잡았다.

"언니가 참 활달하시고 역량도 있어 보이시는데 차라리 네일아트 가게를 운영해보시는 건 어떠세요?"

"아휴, 이제 그렇게 일을 키워서 하고 싶지 않아요. 그냥 빈둥거리지 않을 정도로 적당한 일이 있으면 좋겠어요."

"식당 운영도 해보셨으니 조리사 자격증을 따는 것은 어떠세요?"

"음식 관련 일은 절대 하고 싶지 않아요."

언니는 단호하게 손사래를 쳤다. 도대체 누가 직업을 구하러 온 사람인지 주객이 전도된 상황이 연출되고 있었다. 선배가 신경 써 권유하는데 언니는 하나하나 X표를 쳐나가는 모양새였다. 보모는 남의 아기 돌보는 게 신경 쓰이고, 산모 돌보기는 수입이 일정하지 않고, 간병인은 24시간 맞교대가 걸리고…… 언니가 비로소 관심을 보인 것은 '호텔 객실 관리사'였다. 출퇴근 시간이 맞춤한 단순노동이니 마음 편할 것 같다고. 선배는 몇 개 호텔의 특징을 말해주었고, 그중 적응하기 좋을 거라며 H호텔을 추천한 후 출입국관리사무소에서 발급받은 언니의 재외 국민 거소증을 이력서에 붙여 딸깍, 호치키스를 눌렀다.

소녀 시절의 언니는 구로공단 노동자였다. 열여섯 살부터 사탕공장, 가방공장 등 네다섯 곳을 거쳤다. 마지막의 방직공장에서는 조장이 되어 팔에 두 줄짜리 완장을 두르고 일했다. 언니는 집안의 가장이나 마찬가지였으니 월급봉투는 손끝만 스친 후 고향으로 내려가 남동생들 학비나 아버지 약값이 되었다. 혼기가 차도록 언니의 젊음은 공장 기계 앞에 서 있었다. 지금 언니가 쓰는 이력서에는 아무 쓸모가 없는 이력.

언니가 미국으로 들어가던 어느 날이 정지된 화면처럼 남아 있다. 언니는 중식당 요리사로 일하던 형부가 목매다시피 해서 결혼했고 다복해 보였다. 마누라가 고우면 처가 서까래 보고도 절한다더니 형부는 명절이면 양 손가락에 선물을 걸고 왔고 돈 잃어주려고 화투판을 깔았다. 아이들은 토실토실 자랐고 언니 얼굴은 화사해졌다. 그러나 사람 좋은 형부는 사기를 당해 큰 빚을 졌고 전전긍긍하다가 미국으로 들어갔다. 얼마 후 형부로부터 한동안만 위장이혼을 해두면 어떻겠느냐는 연락이 왔다. 미국 여성의 호적을 사서 혼인 서류를 만들면 안전하게 일할 수 있다는 이유였다. 일자리를 찾아 미국으로 가서 불법 체류한 사람들이 그렇게들 하는 모양이었다. 언니는 어안이 벙벙해서 절대 안 된다고 못을 박긴 했지만 심란해하던 차에 미국으로 갈 기회가 왔다. 다행히 일을 잡은 형부가 이민 노동자들을 위해 고국의 배우자를 초청하는 프로그램이 있으니 이 기회를 활용해 들어오라는 연락이 온 것이다. 아이들은 동행할 수 없었다. 불법체류의 위험이 있는지라 아이들을 데리고 가려면 비자 발급이 안 되던가 뭐 그랬던 것 같다. 언니와 형부는 미국 정부의 염려대로 눌러앉을 작정을 하고 작전을 짰다. 초등학교 저학년과 유치원생인 두 아이는 훗날 기회를 봐서 동생들이 보내주기로 했다. 국내선 비행기도 타본 적이 없었던 언니는 아이들을 떼어놓고 떠나며 군인처럼 결연해 보였다.

언니가 떠난 몇 개월, 미국과 한국을 잇는 통화가 잦아졌다. 아이들 출국 작전 때문이었다. 그런 일을 전문으로 한다는 브로커가 연결되어 적지 않은 금액의 수수료 외에 미국 여행 갈 사람의 항공료를 부담해주는 조건으로 아이 둘을 딸려 보내기로 했다. 어린아이들을 낯선 이에게 맡겨 타국으로 보내자니 심장이 콩닥거렸다. 브로커를 통해 찻집에서 만난 노부부의 인상이 인자해 보여 그나마 한결 불안이 덜어지긴 했다. 공항에 나간 날, 아이들은 이모, 삼촌들과 돌아가며 포옹을 한 후 낯선 할머니 할아버지 손에 매달려 친손주인 척 연기까지 하며 딸랑딸랑 사라졌다. 거듭된 다짐도 있었지만, 영리한 아이들이라 무슨 상황인지를 금방 이해했다. 그 아이들이 성장하기도 전에 형부는 세상을 떠났다. 자신을 잘 꾸몄던 언니는 미국 여성들의 손톱을 단장했다. 강산이 몇 번이나 바꾸는 동안 고객들의 손톱은 예뻐졌지만, 언니의 손가락은 점점 무디어졌고 돋보기가 여러 개로 늘어났다. 십여 명의 손톱 관리사를 두고 운영하던 가게 주인이 암 투병으로 정리하게 되자 언니는 혼자 한국행을 결심했다. 알파벳이나 겨우 뗀 상태로 영어 쓰는 나라에서 젊음을 다 보낸 후였다.

형제들과 그다지 살갑게 지내지 않는 내가 동생을 통해 언니의 계획을 들은 게 며칠 되지도 않았는데 언니는 속전속결이었다. 입을 뗀 순간 짐을 꾸렸고 인천공항에 두 발을 내렸다. 나는 공항에 나가지 않았다. 며칠 내내 뿌옇게 덮인 미세먼지가 비염을 악화시켜 줄줄 흐르는 콧물이 구실이었다. 언니가 미국에 사는 수십 년 동안 통화한 게 몇 번이나 될까. 데면데면한 나와 달리 동생들은 자주 통화하며 지내는 모양이었다. 도착할 무렵에 동생에게 전화하니 짐 다 찾고 이동 중이라고 했다. 전화기 사이로 왁자한 웃음소리가 들렸다. 수십 년 만에 돌아오는데 왜 현수막도 안 거냐, 남동생한테 부양가족 숫자 한 명 늘려라, 여동생한테는 너희 집에 눌러사는 게 나을 것 같다, 공항이 좁다고 휘저어 우스워 죽겠다는 것이다. 상상되는 장면이었다. 동생은 저녁 먹으러 가는 중이니 오라고 했다. 나중에 갈게, 맛있는 거 먹으렴. 나는 언니를 바꾸지 않고 바쁘게 통화를 끊었다.

과잉 허세는 마음을 부여잡기 위한 자기방어다. 아니나 다를까 언니는 곧바로 일자리를 찾기 시작했다. 번갯불에 콩 구워 먹느냐, 뭐 그리 급하냐고 제부가 지청구했다지만 들은 척도 하지 않았다. 동네 마트에서 시식 코너 아줌마를 구한다는 전단을 보고는 곧바로 사무실로 올라갔다. 담당자는 언니가 외국에 오래 살아 영어로 의사소통이 된다고 할 뿐 아니라 씩씩한 태도가 마음에 들었는지 내일부터 나올 수 있느냐고 물었다. 언니에게 망설임은 없었다.

"그러죠 뭐, 몇 시까지 오면 되나요?"

바로 태세를 갖추었고 담당자도 반겼다.

"8시까지 주민등록등본과 신분증, 의료보험 카드 복사본을 지참하고 사무실로 오세요."

언니는 당황했다.

"그런데 제가 한국 사람이긴 하지만 현재는 미국 시민권자라서 주민등록이 말소되었는데요. 출입국관리소에 거소증 신청을 해두었지만, 일주일쯤 걸릴 거라던데…… 부모님과 형제들이 다 들어 있는 호적등본은 뗄 수 있어요."

담당자는 난처한 표정을 지었다.

"출근하려면 바로 신분 증명이 되어야 하는데요? 미안합니다, 안 되겠네요."

대한민국의 70년대 공장 노동자였던 언니는 고국의 이방인이 되어 있었다.

언니의 취업 상담을 마치고 나와 '별이 빛나는 밤'이 그려진 양산을 펼쳐 들었다. 언니는 내가 펼친 작은 그늘 안으로 얼굴을 밀어 넣었다.

"아까, 학력 칸에 차마 국졸이라고는 못 적겠더라."

평소 목소리 큰 언니가 속삭이듯 말했다.

"호텔 청소하는데 졸업장 떼어 오랄 것도 아니니까 상관없지 뭐."

나는 고개를 주억거렸지만 내가 없었다면 고졸이라 적었을지 모르겠다고 생각한다. 언니는 조금 커진 목소리로 굳이 덧붙였다.

"그래도 미국 시민권자야 나는."

언니는 꼭 '시민권자'라고 말했다.

"미국 시민! 그려, 호호"

"너무 덥네. 냉커피나 한잔할래? 너 오느라 수고했는데……"

언니가 멀리서 온 나를 그냥 보내기가 미안한지 지하철역 주변을 기웃거렸다. 머리카락을 걷어 올리며 이마의 땀을 찍어내는 언니 머리에 새로 삐져나오는 흰머리들이 송송하다.

평일 오후의 커피숍은 한산했다. 창가에 앉아 새로 샀다는 언니의 전화기에 번호부터 추가했다. 공유되는 번호가 스물다섯 개나 되었다.

"우리 식구 참 많네."

"그러게, 죽은 사람은 서너 명인데 줄기가 많아졌어."

얼음 띄운 아메리카노를 마시며 가족공동체의 혈연 안에 묶인 우리는 마주 보고 웃었다. 마, 주, 보, 고, 웃고 있구나, 생각하는 순간 내 눈은 창밖으로 돌아갔다.

어릴 때 언니는 예뻤다. 나는 멀대처럼 삐죽하기만 하고 미련한데 언니는 세련되고 활달했다. 할머니가 회초리를 들면 나는 뻣뻣이 맞고 서서 매를 더 불렀지만, 언니는 삼십육계 줄행랑을 치면서 아이고 할매, 내 잘못했다, 다시는 안 그러께, 말을 입에 물고 엉덩이는 이미 사립문을 빠져나가는 통에 할머니가 이놈의 가시나 들어오기만 해봐라, 웅얼거리며 꼬챙이를 내던지고 피식 웃음을 무는 것이었다. 엄마가 언니에게 막내를 돌보라 맡기고 밭에 가고 나면 한 시간도 지나지 않아 막내는 내 등에 업혀 있었다. 엄마가 올 시간이 되어서야 막내는 다시 언니 등에 업혔다. 일 잘한다는 칭찬은 언니가 들었다. 맏딸이 살림 밑천이라느니 하는 알아들을 수 없는 이유로 어른 대접도 했다. 나는 감히 범접하지도 못하는 아버지에게도 입바른 소리를 참지 않았다. 언니가 있는 자리는 언제나 떠들썩했다. 그 유쾌함에 나는 잘 섞여들지 못했다.

여름이면 더위도 힘들지만, 커피숍이나 버스에서 너무 세게 가동하는 에어컨 냉기도 고역이다. 몸이 찬 내가 겉옷을 찾아 가방을 뒤적이자 나가려는 줄 알았는지 언니가 지갑을 꺼내 들고 먼저 일어섰다. 빨간 셔츠 레이스가 사르르 흔들렸다. 명징한 원색이 어울리는 언니가 또 멈칫 낯설었다.

—밥 먹고 가네.

남편의 메시지는 늘 짤막하다. 장어양념구이를 해동해두고 콩나물국을 냉동칸에 넣어 식히는 중이었다. 음식 준비를 하기 전에 미리 좀 말해달라고 잔소리를 해대니 뒤늦게나마 날아온 문자다. 일하다 보면 보고하기 어렵다는 게 남편의 변명이지만 딱히 귀담아듣는 것 같지도 않다. 늘 건성건성 나의 언어는 허공으로 증발해버린다. 동평화시장 반지하 블록에서 새벽까지 지퍼를 박아 오토바이로 배달하던 때는 서로 반창고를 붙여주며 일했다. 돈 버는 재미가 쏠쏠했고 집념이 강한 남편은 성공했다. 귀퉁이 세모꼴이긴 해도 작은 건물 하나 마련했으니 노후 대비도 꾸렸다. 통장 숫자가 커질수록 남편의 욕망은 더 커지는 것 같다. 이제는 관리도 내 소관 밖이니 알 수조차 없다. 그 먼지 구덩이에서 금속성과 매일 씨름하던 나는 비염과 손목터널증후군을 핑계로 손 놓아버렸다. 나이 들면 대청마루 있는 기와집에서 살고 싶다는 말을 입버릇처럼 했다. 하지만 남편 성미에 틀린 것 같아 안방을 한실 분위기 나게 꾸미는 정도에서 아쉬움을 접었다. 남편의 귀가는 서너 시간은 남았으리라. 무얼 할까? 새삼 길게 느껴진다. 식욕도 떨어져 차리던 식탁을 싹 걷어 냉장고에 집어넣어버렸다. 망고나 갈아 시원하게 마셔야겠다고 생각하는데 전화벨이 울렸다.

"응, 왜?"

내 목소리가 시큰둥했는지 언니 말이 급해졌다.

"다름 아니고 호텔 면접 갈 때 정장을 입고 오라고 했는데 쇼핑센터랑 몇 군데 들러봤더니 너무 비싸고 불편해서 못 입겠더라. 어쩌지? 정장 입은 적이 워낙 오래되어서. 꼭 치마 정장으로 입어야 할까?"

그새 옷가게를 돌아다닌 모양이다.

"면접 보는 날만 입으면 되는데 뭘. 아직 날짜 많이 남았으니 천천히 알아보셔."

하지만 언니의 언어는 공백이 없다.

"그런데 나는 치마 입어본 게 너무 오래되어서. 단정한 스타일의 바지랑 흰 블라우스에 재킷 정도 걸치면 안 될까."

일자리센터 직원이 호텔 면접 날을 잡은 후 정장을 입고 오라고 하자 언니는 약간 당황하며 반문했었다. 정장이요? 네, 하얀 블라우스 같은 것으로 깔끔하게 입으시면 돼요. 직원은 쉽게 말했지만, 원색 계통의 현란하고 편한 스타일을 즐기는 언니에게는 통상적인 정장 개념이 없다시피 했다. 사실 언니를 대표하는 용어는 '뭔, 상관이야!'로 요약할 수 있다. 타인의 시선이나 기준 같은 것은 언니에게 영향을 미치는 요소가 아니다. 이렇게 화려한 색깔을 어떻게 입어? 뭔 상관이야. 아니, 효자손을 버젓이 들고 지하철을 타겠다고? 뭔 상관이야. 지금 그 복장, 밭매러 가? 뭔 상관이야. 아무리 더워도 그렇지 제부도 있고 남동생들도 있는데 브래지어도 하지 않고 옷이 너무 거시기하지 않아? 아이고, 뭔 상관이야. 쟤들 아기 때 내가 기저귀 갈아줬어. 한마디로 일축해버린다. 그런데 대한민국에서 취업이라는 걸 하려니 어지간히 신경이 쓰이는 모양이다.

"왜, 상관없잖아. 그냥 빨간 티셔츠에 힙합 바지 입고 가시지?"

"나야 그게 좋지, 근데 먹고살아야 하잖아. 내일 전화해볼까? 바지 입어도 되는지?"

직원이 정장이라 했고 블라우스도 언급했는데, 바지인지 치마인지는 말하지 않은 게 신경 쓰이는 모양이었다. 그걸로 전화해보기는 민망한 노릇이라 나는 얼른 잘랐다.

"그냥 단정하게 입어. 바지는 정장 아닌가."

"그래? 알았어. 내일 또 돌아다녀보지 뭐."

언니는 분명 날이 새기 바쁘게 옷가게를 훑고 다닐 것이다.

직장 구하는 일 외에도 분주하던 언니는 바쁘게 방을 얻었다. 동생 집에 머무르는 동안 환영 모임 한다기에 한번 갔고, 구직 동행 한번 한 정도인 나로서도 체면을 차려야 할 것 같았다. 언니가 이사하는 날, 서둘러 자동차 열쇠를 챙기다 말고 지하철역으로 향했다. 언니가 살 동네에 주차 공간이 마땅치 않으리라는 생각이 든 탓이다. 다행히 걱정했던 태풍은 지나간 후였지만 덥고 습한 날이 이어졌다. 미리 연락하지 않고 무작정 나서서 지하철역에 내린 후 전화를 하니 언니는 마침 근처의 생활용품 할인점에 있다고 했다. 마트 입구에서 만난 언니는 옷걸이며 고무장갑들이 삐죽삐죽 튀어나오는 큰 비닐 봉지를 들고 서 있었다.

"그런데 발은 왜 그래?"

엄지발가락만 고리에 건 슬리퍼를 신은 언니 발등에 울긋불긋 그어진 상처와 약 바른 자국이 눈에 들어와 깜짝 놀라 물었다.

"흐흐 이거? 아침에 병원 갈 뻔했지. 이삿짐을 넣기 위해 안방 창문을 건드리는 순간 유리창이 통째로 튀어나와 산산조각 깨졌지 뭐야. 집이 낡아빠져 창문이 간신히 걸쳐 있더라고. 주인집 할머니가 빨간약 들고 와서 발라준 거야."

세를 얻은 집은 언니의 발등처럼 심란했다. 24시간 열려 있을 것 같은 쪽문 안 가파른 계단을 올라가 복도 맨 끝 방이 언니가 살 곳이었다. 그런데 다가갈수록 어딘가 익숙한 느낌이었다. 아! 오래전 구로공단에서 언니가 자취하던 벌통집 구조를 닮아 있었다. 방이 두 개고 안에 욕실과 주방이 있다지만, 비슷한 구조로 다닥다닥한 느낌이 그랬다. 세월을 옮겨놓은 듯 묘한 감정이 스쳤다.

"이게 문이 잘 안 열려, 요령껏 열어야 해."

언니는 그새 터득했는지 문을 바짝 밀어 힘을 준 다음 열쇠를 맞춰 현관을 열었다. 안으로 들어서니 머리 위에 두꺼비집이 네 개나 붙어 있었다. 이 층에만 네 집이 세를 살고 있는데 계량기가 언니네 문 안에 달려 있었다. 주인 할머니가 산다는 일 층 난간은 온통 신문지며 상자 같은 것들이 쌓여 있었다.

"할머니가 혼자 산다며? 뭔 고물상이라도 하는 거야?"

"아, 할마시가 동네 고물은 다 걷어 나르더라고. 아침에 우리 냉장고가 들어오면서 빈 박스가 나왔잖아, 폐지 줍는 아줌마가 가져가도 되냐고 해서 내가 그러라고 했는데 이 할매가 갑자기 튀어나와서 소리를 질러대더라고. 아줌마를 마구 야단치며 쫓아내고 빈 박스를 다 챙겨 저렇게 쌓아둔 거야. 장판도 너무 더러워서 내 돈 주고 사 와서 낡은 장판 걷어 내버렸더니 그거 자기 건데 왜 버렸냐고 난리 치고 갔어. 장난 아니야."

언니는 혀를 내두르는 것으로 모자라 양팔을 휘휘 저었다. 나는 이사 첫날부터 언니의 발을 다치게 했다는 창문을 열어 보았다. 언니 말대로 이건 그냥 창이 겨우 얹혀 있는 정도였다. 틀이 아귀가 하나도 맞지 않아 헐렁거리고 빗물과 먼지에 찌그러졌다. 이대로는 여닫을 수도 없을 것 같았다. 바깥의 방충망 틀이 안의 창문 고리에 걸려 잠그기도 어려웠다.

"집을 좀 잘 보고 구하지, 혼자 살 텐데 안전해야지, 언니

사둔 아파트 있잖아. 거기로 들어가든가."

속이 좀 상한 나는 염장을 질렀다. 언니에게는 미국 사는 수십 년 동안에도 혹시 한국에 오게 될지 몰라 사둔 스무 평인가 주공아파트가 하나 있다.

"너는 쉽게 그렇게 말하지만, 그 아파트 전세금 받은 걸 다 써버렸는데 갚을 때까지는 못 들어가. 돈에 맞추다 보니 할 수 없지 뭐. 전세 기한까지는 살아야지."

"그래서 유리창은 언제 갈아준대?"

"글쎄, 해주겠지."

"이사하는 날 다 해야지, 밤에 전등 켜면 밖에서 다 보이겠구먼."

나는 언니를 닦달했지만, 할머니는 또 동네 고물을 걷으러 갔는지 깜깜무소식이었다. 인터넷 기사가 다녀가고 가스 설치 기사도 다녀가고 해가 저물어갔다. 유리창만 소식이 없었다.

"할머니한테 가보자."

나는 총총히 계단을 내려가서 노인의 방문을 두드렸다. 한참 동안 기척이 없어 포기하고 돌아서려는 순간 문이 열렸다.

"제 동생이에요."

언니가 소개하는데 나는 꾸벅 고개를 숙이는 둥 마는 둥 들이댔다.

"할머니, 어두워지려고 하는데 얼른 창문 달아주셔야죠?"

"그걸 왜 내가 달아, 깬 사람이 달아야지."

팔십이 넘었다는 노인은 살다가 별일도 다 본다는 듯 생뚱맞게 대꾸했다.

"무슨 말씀이에요, 이건 입주하기도 전에 발생한 건물 문제인데 주인이 하셔야지. 창문 한번 보세요. 다른 것도 다 떨어지게 생겼어요."

"집은 사는 사람이 고쳐가며 살아야지, 보일러도 얼마 전에 수리했고 수도꼭지도 몇만 원 들었어."

딴전을 피우던 노인이 이어서 중얼댄 한마디가 내 복장을 질렀다.

"집이 낡았으면 돈 많이 주고 좋은 집으로 가든가."

"할머니, 돈이 많든 적든 이 집 공짜로 들어온 거 아니잖아요. 보일러니 수도니, 입주 전 집 문제는 주인이 수리하는 게 임대차법이에요. 사람이 다친 것만 해도 진단서 끊어야 할 상황인데 무슨 말씀을 그렇게 하세요!"

순간 노인의 얼굴 주름이 꿈틀했다. 법 들먹이고 진단서 운운하니 만만치 않다고 생각한 것 같았다. 때를 맞춰, 일 마친 동생들도 짝지어 와서 무슨 일이냐며 빙 둘러섰다. 그것도 위세로 작용했는지 노인은 비로소 구시렁구시렁하며 유리 가게에 전화를 걸었다. 곧바로 유리를 어깨에 걸친 남자가 나타났다. 슬쩍 물어보니 유리 값은 삼만 원이라고 했다.

"삼만 원 세입자한테 미루려고 그 난리를 치시네."

내가 누인의 흠을 보니 할머니를 잘 알고 있는 모양이 남자가 빙긋이 웃었다. 그나마 나머지 창문도 덜렁거려 좀 성한 쪽을 받쳐 고정해야 할 판이었다. 노인은 그 사정을 다 파악하고 있었던 듯 어느새 긴 못을 하나 들고 쫓아와 남자에게 박아달라고 내밀었다. 남자는 도리 없다는 듯 노인에게 망치를 달라고 했다. 종종거리며 계단을 내려가던 노인이 망치를 못 찾았는지 붉은 벽돌 하나를 들고 왔고 남자는 벽돌로 힘겹게 못을 박아 한쪽 창을 아예 열 수 없도록 고정해버렸다. 언니 방의 창문은 한국인이면서 한국인이 아닌 어정쩡한 언니의 신분증명서 '거소증'처럼 불편한 동거를 해야 할 판이었다. 방을 정리하고 저녁을 먹으러 계단을 내려오니 노인은 대문 앞에서 유리 가게 남자와 실랑이를 벌이고 있었다. 유리값 만 원을 깎자는 것이었다. 할머니라서 최저가로 해드리는 거라는 남자에게 기어코 오천 원을 깎아내는 노인을 보며 우리 형제들은 실소했다.

언니네 집 앞 우렁이쌈밥집에서 저녁을 먹고 어두워진 골목 안으로 언니 혼자 들어갔다. 짝 있고 챙길 새끼들 있는 형제들은 각자의 집으로 향했다. 고국에 와서 처음으로 낯선 집에 혼자 있게 된 언니를 두고 돌아서는 마음들이 좀 편치 않은지 남동생은 자꾸 뒤를 돌아보며 중얼거렸다.

"과일이라도 좀 사주고 올걸……"

형제들과 헤어져 지하철 계단을 내려서다 말고 나는 되돌아셨다. 남편의 번호로 문자를 찍었다. 언니 이사한 집에서 자고 갈게요. 내일 아침은 해장국이나 사 드시기를.

언니의 문 앞에 붙은 벨은 작동되지 않았다. 하기야 문만 열면 방인데 벨이 무슨 소용일까. 똑똑 손끝으로도 충분했다.

"나야 언니, 문 열어."

"왜? 뭘 두고 갔어?"

워낙 허술해서 안쪽에 몇 겹으로 걸린 걸쇠를 풀며 언니의 목소리가 먼저 나왔다.

"아니, 자고 가려고."

"왜?"

"그냥."

언니가 문을 열었다. 나는 방바닥에 털버덕 앉아 들고 온 봉지를 풀었다.

오징어 한 마리, 백세주 두 병.

"이것 마시고 백세 누리자고."

술을 거의 못 마시는 언니는 백세주 두어 잔에 나른해지는 것 같았다. 이사 날의 피로 때문인지도 모르겠다. 나머지 술은 내가 다 비웠다. 어차피 잠을 잘 수 있을 것 같지도 않다. 천장의 두 개짜리 형광등도 한쪽만 끼워져 있다. 갈아 끼운 유리가 형광등 빛에 반짝거렸다.

"등도 제대로 안 달려 있네. 뭐 하나 성한 게 없어."

취한 것도 아닌데 주정처럼 내뱉었다. 세면기도 물이 잘 빠지지 않아 바닥에 쭈그리고 앉아 세수하고 화장대에 앉았다. 스킨로션을 대충 바르고 보니 매니큐어 서너 개가 가지런히 놓여 있는 게 보인다. 보랏빛, 연둣빛, 상아색, 햇고구마같이 발그레한 자주색.

고향 집 작은방은 겨울이면 볏짚으로 엮인 고구마 뒤주가 앉았다. 아침에 쇠죽을 끓이던 할아버지는 아궁이에 고구마를 구워 나를 깨웠다.

"정미야, 고구마 다 익었다."

할아버지의 음성이 구수한 냄새와 함께 문틈을 비집고 들어오면 슬며시 눈이 뜨였다.

어느 날 할머니를 비롯한 식구들이 마당에 모깃불을 피우고 앉아 있는데 가끔 묵어가던 당골댁이 말했다. 잘 아는 집 안주인이 허리를 다쳐 거동이 어려운데 한 달쯤 심부름해줄 아이를 찾는다는 것이다. 마침 초등학교를 졸업한 언니를 잠시 보내주면 어떻겠느냐고 했다. 그 댁 바깥양반은 농협인가 군청인가 직원이라고 했다. 입 하나라도 덜기 위해 딸을 식모로 보내는 게 흔하던 시절이었다. 엄마는 할머니 입을 쳐다보았고 할머니는 언니를 쳐다보았다. 얄궂게도 언니의 시선은 나를 향했다.

"할매, 나는 서울 공장에 갈 끼다. 정미 보내라. 방학 때만

하면 될 거 같은데."

공장에 간다는 말에 할머니는 잠시 망설였다.

"정미는 너무 어리다 아이가?"

그러자 나를 물끄러미 바라보던 당골댁이 거들었다.

"큰일 아니고 심부름이나 하면 되니 정미가 가도 될 거라예."

구실을 잘 찾아내는 언니와 달리 소심한 나는 거역할 수 없었다. 방학 때만이라니까.

내가 그 집으로 가기 전날, 언니는 아직 알도 덜 차 밤톨만한 고구마 두 개를 쥐여주었다.

"너 주려고 밭에 가서 한 뿌리 당기니 요거 나오네. 너 생고구마 좋아하재?"

식구들 앞에서 다정하게 생글거리는 언니 얼굴은 얄밉게 맑았다. 나는 언니가 준 고구마를 아무도 모르게 구더기가 떠다니는 뒷간에 던져버렸다.

처음으로 집을 떠나 당골댁을 따라간 아랫동네 그 집에서 닷새도 채 지나지 않은 밤, 나는 우리 집 사립문을 밀어젖히며 엄마를 불러댔고 식구들은 자다가 일어났다.

"무슨 일이고?"

할머니의 고함과 함께 달려 나온 어른들 옆에서 툇마루 아래 요강에 앉아 있던 언니도 눈을 껌벅이며 일어섰다.

"할매, 자는데 그 집 아재가 자꾸 내 손을 자기 배 위로 가

물들인 날 | **29**

져가더라. 그런데 그 아재 배 위에 얼라 주먹 같은 게 나와 있는데 그걸 자꾸 만지게 하더라. 괴물 같기도 하고 무서버서 못 자겠더라."

정말이지 한참이 지나도록 그게 뭔지 몰랐다. 잔심부름 뿐 아니라 기저귀도 빨아대랴 고단했던 나는 쌀자루나 호박 같은 것들이 한쪽 자리를 차지하고 있는 그 집 건넌방에서 깊은 잠이 들었다. 한밤중 잠결인데 몸이 간질거리는 느낌에 설핏 깼다. 내 손이 누군가의 큰 손안에 있었다. 누가 내 손을 만지고 있지? 이상한 느낌에 눈을 떴다. 혼자 잠든 옆에 사람이 있었다. 그는 내 손을 쥐고 자기 배 위에 불쑥 튀어나온 뭔가를 만지게 하고 있었다. 손안의 단단하고도 끈적거리는 그 무엇은 심지어 꼼지락거리기도 했다. 귀엽다고 내 머리를 쓰다듬던 이 댁 아저씨? 그런데 왜 배 위에 이런 이상한 게 나와 있지? 이 아저씨가 무슨 병이 있나? 이게 뭐지? 뭔가 은밀하고 괴이한 느낌에 소리를 지를 수도 없었다. 아저씨는 내 두 손을 자신의 손안에 넣고 그 이상한 것을 비비기 시작했다. 아저씨의 손은 점점 빨라졌고 나는 들이킬 수도 없이 숨이 가빠졌다. 급기야 아저씨의 한 손이 내 배를 쓸어내리더니 바지 안으로 쑥 들어왔고 두툼한 손가락이 오줌보가 차오르는 아래를 파고들었다. 쩌릿한 충격과 두려움이 몸을 휘감았다. 집에 가야겠다. 순간 개구리 발 차듯 벌떡 일어나 문을 밀치고 달렸다. 학교 갈 때 친구들과 장난치며 오가는 제법 먼 신작로 길을 정신없이 달렸다. 대낮 같은 달밤이었다. 휙휙 지나가는 대나무 그림자가 뒷덜미를 잡아채는 것 같았다.

할머니는 아무 말도 하지 않고 나를 끌어당겨 이불을 덮어주었다. 헐떡이던 숨을 고른 후에야 식구들 옆에서 멀뚱히 바라보는 언니와 눈이 마주쳤다.

내일 바로 공장에 갈 것처럼 굴던 언니는 몇 달 지나서야 추석에 다니러 온 동네 언니를 따라 서울로 갔다.

그 후 언니와 나는 정답게 이야기라는 걸 해본 적이 없었다.

비워진 술병과 잔을 치운 언니는 이불 하나를 더 꺼내 와서 한쪽에 누웠다. 입을 크게 벌리고 있는 대로 하품을 하던 언니가 뭔 생각이 났는지 일어나 안경을 걸쳤다. 화장대에서 내 시선이 닿은 매니큐어를 집어 뚜껑을 열면서 언니는 무심히 말했다.

"손 내봐."

졸음을 걷은 언니 얼굴을 보며 나는 못 이기는 척 슬며시 손을 내밀었다. 새끼손가락부터 약지, 중지, 검지, 미국 여성들의 손톱을 꾸며주던 언니의 창백한 손끝에서 한밤중 내 손톱이 발그레해졌다. 햇고구마 색깔이었다.

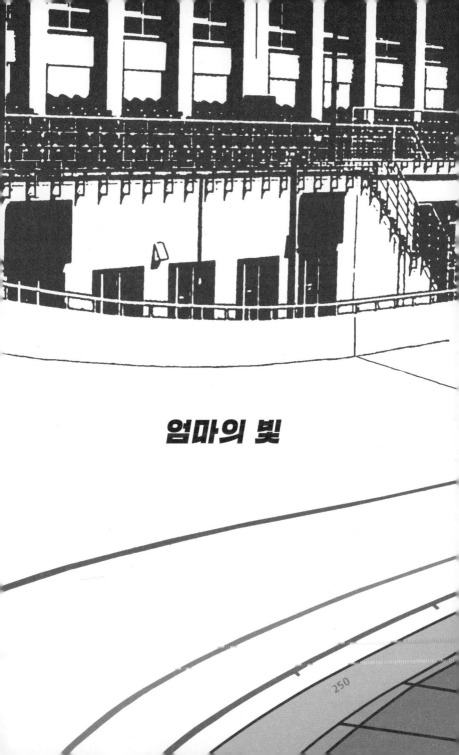

엄마의 빛

마당에 들어서니 고소한 냄새가 퍼져 있었다. 담벼락을 두른 덩굴장미와 총총 핀 채송화는 다투듯이 붉었다. 마루 위 커다란 액자 안에서 군데군데 파리똥이 묻은 익숙한 얼굴들이 노랗게 웃는다. 어디선가 튀어나온 몽이가 꼬리를 쳐들고 달려들었다.

"내사 마 니 별로 안 반갑다. 저리 가거라."

짐짓 내치는 미수의 큰소리에 부엌의 방충 미닫이가 차르랑 열렸다. 엄마의 얼굴 위로 지붕 처마에서 만들어진 그림자가 스쳤다.

"수야 왔나, 우째 오게 되더나? 밥 무야제?"

다듬던 콩나물 수쿠리를 밀치며 엄마는 가스레이지 위에

뚝배기부터 올렸다.

"엄마는 잡쉈어요?"

"안 무웃다. 니 올란가 싶어서."

"못 올 거라고 했는데 뭘 기다려!"

미수는 목구멍에서 간질거리는 것들을 지그시 눌렀다.

앞날 전화해서 말했다.

"이번에는 정말 못 가겠어요. 일을 빼기가 난처해요."

"오냐, 너도 힘든데 안 와도 된다. 니가 와서 늘 핀했재. 쪼매만 하지 뭐, 너 줄라꼬 정구지캉 상추캉 뜯어놨는데……"

엄마는 채소밭 푸성귀를 못 들려 보내는 게 몹시 애석한 모양이었다.

"그깟 채소 만 원어치만 사면 일주일은 먹어요."

공연히 미수는 심통을 부리고 엄마는 침묵했다. 장사하느라 바쁜 자매들이나, 중견기업 관리자인 남동생은 예외 없이 임박한 시간에 손님처럼 나타날 것이다. 제사 때마다 미수는 이번엔 가지 말아야지 다짐해놓고도 가방을 챙기는 자신을 보게 되고 결국 부추와 상추를 앞세운 노인의 기다림을 외면하지 못했다. 하지만 아르바이트하며 공부하는 아들이 감기까지 들어 허덕대는 걸 보며 죽은 사람 제사보다 내 아들이 우선 아니냐고 마음을 동여맸더랬다. 지난밤, 새벽같이 들어온 아들은 세수도 하지 않고 불을 껐다. 간간이 들리는 기침소리에 뒤척이던 미수 머리로 궁리 하나가 휙 스쳤다. 엄마에게 다녀와야겠다. 미수는 벌떡 일어나 조용조용 냉동실에 있는 파 뿌리와 말린 도라지를 큰 주전자에 넣고 생수를 부어 레인지에 올렸다. 잣가루와 검은깨를 섞어 죽도 끓였다. 약차와 죽을 보온병에 담아 식탁에 올려두고 어두운 골목에 서 있는 프라이드의 키를 돌렸다.

엄마가 수없이 닦았을 반질반질한 장독대 위에 모가지가 꺾인 안테나가 눈에 걸렸다. 그러고 보니 사람 소리 아쉽다고 보든 안 보든 켜두는 TV가 조용하다. 지난해 어버이날 사남매가 합심해 최신형 평면 텔레비전에 케이블까지 설치해드렸건만 엄마는 리모컨만 들볶았는지 건전지도 거꾸로 끼워져 있다. 미수는 급한 대로 안테나를 곧추세우고 들어와 건전지 위치를 맞게 채웠다. 그새 엄마는 바글거리는 뚝배기를 내려 두리반 상에 얹었다. TV 작동을 확인한 미수는 엄마와 마주 앉아 잘박잘박한 된장찌개로 호박잎쌈을 쌌다. 여린 호박잎은 씹을 것도 없이 부드럽다. 고향 맛에 마음 줄이 좀 느슨해진다.

"생선은 벌써 찐 거유?"

대문 안쪽 예전에 허드렛물을 버리던 수챗구멍에서 고개를 쏙 빼고 있는 잿빛 고양이에게 발을 훅 굴러준 후 엄마에게 말을 걸었다.

"조기 한 손 찌고 돔배기 산적은 구웠다."

제사에 빠지지 않는 도톰하고 쫄깃한 상어고기는 남동생 준모가 좋아하는 음식이다. 잔뼈 바르는 걸 귀찮게 여기는 준모는 조기나 청어 같은 것은 별로 좋아하지 않았는데, 엄마는 뼈 바를 것 없는 상어고기조차 손으로 잘게 찢어 준모의 숟가락 위에 올리곤 했다.

"이 집 장손은 몇 시에나 온다 카던데요?"

"전라도 어딘가 출장 댕기온다 카더라. 일찍은 못 오지 싶다."

"올케한테 전화는 왔어요?"

"그 먼 데서 여까지 뭐 하로, 전화비도 많이 나올 낀데. 어버이날 전화했으니 됐다."

엄마는 시선을 손바닥에 박은 채 접힌 호박잎을 굳이 펴려고 애썼다.

오랜만에 올케가 떠올랐다. 아이들이 유치원에 다닐 때부터 공부는 미국에서 시켜야 한다고 입버릇처럼 말하던 그녀. 아이들이 초등학교도 졸업하기 전에 미국 사는 친정 식구에게로 보냈던 사람이다. 독하다고 생각한 것도 잠깐, 결국 두 딸을 뒷바라지해야 한다며 자기도 들어가버렸다. 올케가 자식 교육보다 중요한 게 어디 있냐며 명절에 모인 식구들 앞에서 일장 연설을 할 때마다 겨우 장남 하나 공부시킨 엄마는 얼굴이 굳어졌고, 미수의 자매들은 그리 당당하고 많이 배운 올케가 얄밉고도 부러웠다. 올케가 미국으로 들어간 후 준모는 다시 엄마의 아들이 되었다. 엄마는 준모의 충실한 그림자 역할을 기꺼워했다.

아들 하나를 사고로 잃은 후 더 애틋해졌을 장남은, 삼십이 넘고 사십이 되어도 엄마에게는 아기였다. 애틋함은 종종 전화선을 타고 하필 남동생과 이웃한 거리의 미수네로 넘나들었다.

어느 날 밤 아홉시가 넘어 전화벨이 울렸다. 주무실 시간에 웬일일까, 엄마의 목소리에 미수도 덩달아 급해졌다.

"야야, 시간 되거든 너그 동생 집에 한번 가봐라."

"왜, 무슨 일이에요?"

"쌀을 오래 놔둬서 그런지 쌀벌레가 온 집안에 날라댕긴다 카네."

쌍시옷 발음이 안 되는 엄마의 동생 집 쌀 걱정에 미수는 숨이 턱 막혔다. 밥도 잘 안 해 먹는 준모에게 갓 빻은 쌀이라고 기어코 보낼 때 알아봤다. 미수는 입이 뻣뻣해졌다. 걔가 어린애냐, 쌀벌레 하나를 해결하지 못하느냐, 엄마가 매일 온실 화초처럼 싸서 키워놓으니 그런 것 아니냐…… 어느새 엄마는 수굿해져 들리지도 않게 웅얼거렸고 미수는 마음이 언짢아졌다. 애써 목을 풀고 알았다고, 전화해보겠다고 말했다. 정작 준모는 황당해했다. 그저 퇴근해보니 집 안에 벌레가 날아다녔고, 벌레를 따라간 지점이 쌀독이어서 이걸 열어야 하나 말아야 하나 싶어 안부 삼아 물어본 것이라고. 그런데 그새 소문이 한 바퀴 돌아왔느냐고 어이없어했다. 그러나 이후에도 비슷하게 번번이 전화벨이 울렸다.

"미역국을 먹어야 인덕이 있다는데……"

준모 생일이니 좀 챙겨주라는 것이었다. 정갈한 엄마의 염치도 아들을 두고는 분별을 잃었다. 하지만 중요한 날 며느리 코빼기를 볼 수 없으니 엄마는 딸들 눈치를 힐끔거렸다. 매번 딸이 전을 굽고 앉아 있는 상황이 걸리는지 이미 모를 리 없는 친척들에게도 변명하느라 바빴다. 당신을 위해서는 콩 한 쪽도 요구하지 못하는 성정이면서 멀쩡히 잘 사는 아들에게 끝없이 닿아 있는 엄마에게 미수는 얼핏얼핏 심사가 틀어졌다. 고정된 액자처럼 엄마의 세상은 머물러 있다. 전직 대통령의 동상 앞에 관광버스를 타고 가서 절을 하고, 그의 딸이 대통령이 되었을 때 잔치를 벌였다는 친정 동네에 오면 한겨울에 딸기와 고추를 키워내면서도 문득 조선 시대 어느 지점에 있는 것 같다. 사람의 내면에 자리 잡은 익숙함의 틀은 얼마나 부질없이 튼튼한지.

미수는 엄마가 다듬고 있던 콩나물을 받아 마저 손질을 끝내고, 삶아둔 고사리와 도라지를 건져 소쿠리에 받쳤다. 가스레인지 위에 프라이팬을 올리는데 어느새 엄마가 양념 통을 들고 옆에 섰다. 별로 배울 염도 없는 며느리에게는 제사 나물 볶는 법을 가르치던 엄마가 미수에게는 나물을 맡기지 않는다. 머쓱해진 미수는 주방 서랍을 뒤져 커피믹스를 꺼내 들었다. 커피잔을 들고 툇마루에 앉아 핸드폰 단축번호 1을 눌렀다. 아들의 전화기에서는 모르는 음악만 하염없이 흘러나왔다. 미수는 천천히 원위치로 터치한다. 오후의 달궈진 햇살이 툇마루를 밀고 들어온다. 미수는 눈을 찡그리며 기둥 그림자 안으로 자리를 옮겼다. 엉덩이를 조금 움직였을 뿐인데 자리가 서늘하다. 찬 기운이 싫지 않다. 먼 길 달려온 피로가 밀려든다. 기둥에 등을 대고 앉으니 스르르 눈이 감긴다.

어느새 엄마는 나물을 끝낸 모양이다. 깜빡 잠들었던 미수가 눈을 뜨니 남동생이 가져다 둔 신문지가 부엌 바닥에 쭉 깔려 있고 대형 전기 프라이팬도 나와 있다. 전을 굽는 일은 시간이 많이 드니 퍼지고 앉아 느긋하게 구워야 한다. 이미 엄마는 두부를 반듯하게 썰어두었고 손질된 동태 포와 오징어도 가지런하다. 산적도 굽기만 하면 되도록 꼬치에 꿰어져 나란히 놓여 있다. 부추, 깻잎, 파, 미나리도 한 소쿠리다. 밀가루 반죽과 달걀 물도 다 되어 있다. 미수는 늘 하던 순서대로 식용유를 꺼내 자리를 잡는다. 우선 두부를 구워야 한다. 탕국을 끓이려면 두부를 구운 후 썰어 넣어야 부서지지 않는다. 탕국은 문어를 삶아낸 물에 무를 자박자박 썰어 넣고 명태, 다시마, 오징어, 말린 홍합, 두부까지 한두 가지가 들어가는 게 아니다. 엄마가 하나씩 정리를 해주는 동안 미수는 종류별로 전을 구워낸다. 제사 때마다 부추전을 한 소쿠리씩이나 구워내는 것은 양을 늘려 두루 나눠 먹자는 마음이겠지만 두부를 넓적하게 한 접시씩 쌓아 올리는 것은 습관인 것 같다. 제사 지내고 나면 뒹굴다 결국 잡탕찌개에 들어가는 음식들도 많은데 엄마는 늘 풍성해야 한다. 미수가 어릴 때는 대낮부터 친척 아주머니들이 들락거리며 음식을 만들었지만, 이제는 그때의 새댁들이 모두 할머니들이 되었다. 젊은 사람은 다 도시에 가 있고 노인이 된 친척들도 하우스에서 일하느라 저녁이나 되어야 몰려들 것이다.

"너그 아부지가 탕국 안주로 술을 잘 마싰구마는, 무슨 급한 일이 있다꼬 그리 분주키 갔는지……"

할머니 제사 지낼 탕국을 준비하면서 엄마는 일찍 세상 떠난 아버지가 생각나는 모양이다.

아버지는 한때 식구들 밥 먹이기도 힘들어 도시의 노동자로 일했다. 문래동에 있던 작은 공장에 먼 친척이 있어 얻게 된 경비반장 자리였다. 엄마도 자식들을 이끌고 아버지의 단칸방으로 합류했다. 초등학교에 다니던 미수만 할머니 곁에 남게 되었다. 엄마 뒤를 따라가던 형제들과 남겨진 미수의 거리가 아득해졌다. 미수는 노란 햇살에 서러워져 동네 담벼락에 기대서서 울었다. 타인의 담벼락이 기댈 언덕이 된 순간이었다. 담벼락의 그림자는 서글프면서도 안온했다. 축축한 이끼가 손에 잡혔다.

중학교에 진학하지 못한 미수는 교복 입은 친구들을 피해 어둑어둑해져야 신작로를 지나다녔다. 다행히 걷어찰 돌멩이는 지천이었다. 삼촌이 열다섯 살 미수를 서울로 불렀다. 가게 일도 돕고 돌 지난 사촌 아기를 돌보는 게 미수의 몫이었다.

달리 아는 사람도, 갈 데도 없는 미수는 아기를 등에 업고 황량하던 신정동의 공터를 지나 아버지의 단칸방으로 갔다. 미수가 가면 둥근 상에 꼬물꼬물 틈을 벌려 숟가락 하나가 더 얹혔다. 밥이 부족해도 미수는 더 달라고 말하지 못했다. 양쪽 집이 다 서먹했다. 사촌 아기가 똥을 싸면, 엄마가 치워주는 게 미안했다. 애가 빽 소리만 내면 얼른 업고 일어섰다. 골목을 나오면 신정동 109번 버스 종점 옆 공터에서 왁자하게 아이들이 놀고 있었다. 공터 옆 목욕탕 굴뚝에는 늘 회색 연기가 가물거렸다. 때때로 플라스틱 목욕 바구니를 든 여자들이 발그레한 얼굴로 걸어 나왔다. 아기를 업고 공터를 빙빙 돌다 보면 괜히 야속했다. 가끔 엄마는 장바구니를 챙겨 들고 미수를 시장 입구까지 바래다주었다. 어느새 자라난 미수의 그림자 안에 엄마가 오롯이 들어왔다.

마당을 가득 채웠던 5월의 햇살이 마루 끝자락에 작은 그늘을 드리우기 시작했다. 부엌문 앞에 코를 킁킁거리던 몽이

가 뛰어올랐다. 친척이나 진배없이 지내는 옆집 상호 아재가
마당에 들어섰다.

"제사 지내로 왔재?"

미수네 대소사를 다 꿰고 있는 상호 아재는 조카 맞이하듯
미수를 반겼다.

"아재는 잘 지냈능교? 밭에 다녀오시는가 봐요?"

"고추 따내느라 바쁘다 아이가, 오늘 너그 할매 제사지 싶
어서 와봤다."

"올해 고추 금은 좋습니꺼?"

"작년에 고추 값이 좋아서 올해 한 동을 더 했는데 우째 안
좋지 싶다."

아재는 밀짚모자를 부채처럼 흔들었다.

옆집에 상호 아재가 있어 다행이다. 남자 손이 필요한 일에
항상 상호 아재가 달려와주는 만큼, 엄마는 장에 갈 때마다
동기간처럼 뭐라도 챙겼다.

아재가 툇마루에 걸터앉았고 엄마는 어느새 소주와 전 몇
가지를 담은 접시를 들고 나왔다. 상호 아재의 까만 얼굴은
소주 두어 잔으로 검붉어진다. 미수가 아장거릴 때부터 보아
온 그 얼굴은 젊을 때도 늘 그랬던 것 같다. 하늘이 주는 것을
있는 그대로 다 받아들인 얼굴, 비도 구름도 달빛도 걸러내지
않고 고스란히 몸으로 담아온 얼굴이다. 선크림이라도 하나
사드릴까, 잠시 스친 생각에 미수는 실소한다. 선크림이 아재

를 감당하겠는가. 미수의 시선에 계면쩍은 듯 아재는 소주 한 잔을 더 탁 털어 넣는다.

"너그 올케는 못 오재?"

아재는 손으로 부추전을 쭉 찢어 입으로 가져가며 모르지도 않으면서 툭 던진다.

"올케야 뭐…… 동생들은 저녁때 올 겁니더."

공연히 면구스러워진 미수는 서둘러 답한다.

보일러 공사와 함께 기와를 걷어내고 개조한 슬래브 지붕 위 장독대에 자글거리던 햇살은 사랑채 쪽으로 옮겨갔다. 도착했을 때 텃밭의 대추나무 줄기를 감은 채 한껏 봉오리를 열었던 호박꽃은 입을 닫았다.

광에는 제사 음식이 광목천을 깐 소쿠리에 담겨 차곡차곡 자리를 잡는다. 죽은 조상 섬기는 것을 산 사람 생일보다 중히 여기는 엄마의 제사 준비는 일목요연하다. 동태전, 오징어튀김, 쪄낸 통닭, 문어, 돼지고기 수육, 산적과 색색의 나물들…… 엄마가 대엿새는 장에 들락거리면서 그제 몇 개 사 오고 어제 몇 개 사 오거나 했을 음식들, 엄마와 미수가 오뉴월 불 앞에서 만들어낸 음식들은 밤에 모여들 친척들의 한자리 상에서 동이 날 것이다.

"아재 며느리는 잘 있습니꺼?"

미수는 상호 아재 며느리의 안부가 궁금하다.

"잘 있고말고. 저거 내외가 마음 맞춰 살고 일도 잘해서 내가 좀 맽기놓고 이래 앉아 있다 아이가."

"베트남 며느리 너무 혹사시키는 거 아니지예?"

"그런 소리 마라, 가가 얼마나 참한데. 이번 농사 잘되면 가실 끝나고 나서 저거 내외 동반해서 친정 한번 보내줄라 칸다."

아재의 베트남 며느리 투는 얼굴은 좀 투박하지만, 사람이 좋다. 밝고 씩씩해서 동네 사람들과도 수더분하게 잘 지낸다. 만학으로 사회복지를 전공한답시고 이주여성과 인터뷰를 해본 적이 있는 미수는 투에게 친밀감을 느낀다. 청년 시절 노조 일도 했던 터라 친정 동네에도 서너 명이 되는 이주여성들에게 자꾸 시선이 닿는다. 다행히 투는, 주책은 좀 없어도 성품이 어진 상호 아재를 닮은 남편을 만나 보기 좋게 산다. 하지만 동네에는 술만 마시면 멀쩡한 베트남 출신 아내를 패서 아이를 두고 도망간 집도 있다. 언젠가 엄마는 '수입 신부'들이 참 착하다고 말했다가 미수에게 된통 당했다. 청년 시절 귀를 막고 싶도록 듣기 싫었던 말이 '공순이'였던 미수는 엄마가 남의 귀한 딸을 수입 신부라고 부르니 발끈했다. 동네 사람들이 그렇게 말한다고 했다. 딴에는 그녀들을 칭찬하려고 개념 없이 말했다가 사람이 물건이냐, 눈을 치뜨며 따지고 드는 미수에게 아무 대꾸도 못한 엄마는 상을 기웃거리는 몽이 밥을 챙겨 마당으로 나갔었다.

"너 대학교 댕긴다꼬? 그 나이에 공부가 머리에 들어오나? 그래도 대단타. 니가 원래 국민학교 댕길 때도 공부를 잘했제?"

검정고시를 거쳐 사이버대학에서 공부하는 미수를 엄마가 대학 다닌다고 자랑했나 보다.

"예, 제가 좀 공부 체질 아닙니꺼."

"그래, 너그 엄마가 그때 너를 진학시켜야 됐는 기라. 니가 공부 잘한다꼬 너그 선생이 집에도 찾아오고 했는데 그때 너그 엄마는 서울에 있었다 아이가. 준모가 그림이라 캤나, 글씨라 카던가 뭔 재주가 천재적이라꼬 선생이 키아보자 했다 카데. 준모가 워낙 똑똑하기는 했재. 너그 엄마 눈에 딸들이 보이겠나, 촌사람들 다 그렇다."

끓는 물에 넣으려고 풋배추 소쿠리를 받쳐 들고 들어오던 엄마 눈이 빠르게 미수를 거쳐 상호 아재에게 꽂혔다. 하지만 아재는 엄마의 시선을 받아주지 못하고 계속 말을 이었다.

"네가 우리 강재하고 동갑이라 잘 기억한다. 강재 중학교 입학하던 날 니가 산에 나무하로 가더니 안 온다꼬 너그 할매가 왔다 갔다 해쌓더라. 니가 한밤중이나 돼서 나무 한 보따리 이고 들어왔다 카데."

그날 미수는 뒷산에서 땔감을 긁어모아 나뭇단을 꾸린 후 수건을 둘둘 말아 깔고 할아버지 산소 옆에 한동안 앉아 있었다. 해가 지고, 이른 삼월의 바람이 옷 속을 파고드는데도 일어나기가 싫었다. 하지만 한밤중에 왔다는 말은 과장이다. 그저 다른 때보다 늦은 귀가에 그날따라 할머니가 애를 끓인 모양이었다. 그 기억의 속편에 엄마는 밥 끓여 먹기도 어려운 판에 어린 아들이 미술인지 뭣인지에 흥미를 느껴 긁적거리자 평소 성격이라면 믿어지지 않는 허영으로 널뛰었다는 것이다. 아재가 더 잘 아는 엄마의 편애에 미수는 새삼 등이 화끈해진다. 갱년기의 신체 리듬은 이렇듯 시도 때도 없는 열기를 동반한다. 옷을 벗어 던지고 냉수라도 확 끼얹고 싶지만 상호 아재가 일어나려면 시간이 좀 걸리겠다.

"아이고 이걸 우짜꼬!"

엄마가 갑자기 비명을 질렀다. 데친 채소 소쿠리를 들고 엄마가 부엌문 옆에 있는 광으로 들어간 순간이었다. 몽이가 깨갱 튀어나오고 엄마는 엉덩방아를 찧었다. 쫓아 들어간 미수는 헉, 숨을 들이켰다. 상호 아재가 사설을 늘어놓는 바람에 정신이 산란해진 엄마가 광문을 닫아두는 것을 깜빡한 모양이었다. 부엌 앞에서 쫄랑거리던 몽이가 어느 틈에 광으로 들어가 생선에 코를 박은 것이다. 더구나 고함치는 소리에 달아나다 하필 파를 꽂아둔 흙더미에 생선이 엎어져버렸다. 엄마는 놀란 엉덩이를 일으키며 생선에 묻은 흙을 털어내기 시작했다. 그러나 생선 아가리와 눈동자에 파고든 흙은 쉬이 처리할 수 있을 것 같지 않다. 화증이 난 엄마는 빗자루를 찾아들고 저놈의 개새끼를 우짜꼬, 하며 이미 꼬리를 감추어버린 개를 찾아 허둥댔다.

"형수요, 그놈의 개새끼, 이번 복날에 된장 바릅시더."

천하태평인 상호 아재는 느물느물 복장을 질렀다. 눈치 모르는 파리 떼들마저 몰려들었다. 제사에 올릴 음식에 개가 입을 대고, 더구나 흙까지 묻어버렸다. 어차피 쓰기는 틀렸건만 엄마는 생선 아가리를 붙잡고 혼이 빠진 듯 수돗가에 서 있다.

"그렇게 한다고 되겠어요. 몽이나 마저 줘버려요."

엄마는 대문만 멍하니 바라보더니 머릿수건을 벗는다.

"안 되겠다, 다른 것은 대충 다 됐고 내가 장에 갔다 오꾸마."

종종거리는 엄마를 바라보던 미수는 사랑방으로 내려가 손가방을 꺼내 들고 자동차 키를 챙겼다.

"엄마는 쉬고 계세요, 내가 가서 사 올 테니."

"안 된다, 내 가는 집이 있다, 내가 가야 된다."

미수는 또 얼굴 가득 열감이 퍼졌다.

"생선이 거기서 거기지, 단골이라고 돈 안 받아요? 그냥 계시라니까."

"너 일찍 오니라고 되다 아이가, 쉬고 있거라. 내 아는 집에 가야 좋은 고기 준다."

"택시 불러 다녀오소, 그럼."

짜증이 치민 미수는 가방을 탁 놓고 자동차 키를 방 안으로 던져버렸다. 실랑이를 지켜보던 상호 아재가 나섰다.

"너그 엄마 잘 가는 집이 어딘지 내가 안다. 내가 같이 가꾸

마. 차로 가는 김에 내 사 올 것도 있다. 내캉 가자."

"엄마가 간다는데요 뭘, 아재는 밭에 나가보셔야 하는 거 아입니꺼?"

얼굴도 벌게진 아재를 대동하는 것이 영 불편한 미수는 아재의 밭을 걱정했다.

"괜찮다, 우리 아들하고 며느리가 일 잘한다 안 캤나. 안 가봐도 된다."

상호 아재는 마시던 술잔을 밀어놓고 이미 나서고 있다.

미수는 하는 수 없이 엄마가 엉거주춤 들고 선 장바구니를 거머채서 동네 어귀에 세워둔 낡은 프라이드의 시동을 걸었다. 오뉴월 볕을 고스란히 받은 차 안은 한증탕이 따로 없다. 에어컨을 최대한 가동하고 창을 있는 대로 열어도 눈이 따끔거린다. 상호 아재는 당연한 듯 운전석 옆으로 앉아버린다. 아재한테서 풍기는 술 냄새에 속이 울렁거려 창문을 내린 채 달렸다. 지니가 네시를 알려드립니다. 습관적으로 켠 내비게이션이 계속 떠들어대는 것이 성가셔 꺼버렸다. 창 너머 일렁이는 보리 물결 사이로 미수네 논이 들어왔다. 보리농사를 하지 않은 엄마의 논은 모를 찌려는지 비어 있었다. 상호 아재도 고개를 쭉 빼서 뒤로 돌렸다.

"저 논은 쪼매 아깝긴 하재? 가만 놔두면 괜찮을 기라 카던데. 그래도 우짜겠노, 아들이 팔아달라 카는데……"

말없이 운전만 하던 미수는 급브레이크를 밟았다.

"그게 무슨 소립니꺼, 저거 우리 논 맞잖아요."

"야 이거 무신 소리고? 니는 몰랐나? 너그 논 팔은 거 한 달이 넘었는데……"

미수는 뒤통수를 한 대 맞은 기분이었다.

"논을 팔았다고요! 누가?"

"누구는 누고, 너그 엄마지."

"엄마가 왜요?"

"모르겠다, 자세히 말은 안 하는데 내 생각에는 준모 저거 얼라들 교육비 대준다꼬 그랬지 싶다. 준모가 내려와서 도장 찍고 다 하고 갔다."

미수는 입을 다물었다. 안 봐도 비디오다. 준모네 가정사를 못마땅해하는 딸들에게 알릴 염 없이 슬쩍 넘어가버렸을 것이다. 모르지, 오늘 밤 제사 지낸 후 말하려고 한 건지도.

미수는 몸이 휘청해지며 운전대를 잡은 손에 힘이 빠졌다.

미수가 사는 집 옆 골목에 제법 잘되던 김밥집이 얼마 전 문을 닫았다. 주인이 암에 걸려 입원하면서 내놓게 되었다고 했다. 아이들이 꽤 복작대던 가게였다. 닫힌 가게 앞을 지날 때마다 자꾸 기웃거리게 되었다. 라면도 팔고 떡볶이도 팔면 요양보호사 일보다는 괜찮아 보여서다. 더구나 아들은 시급 몇 푼 더 준다고 편의점에서 고깃집으로 아르바이트를 옮긴 후 더 고단해 보였다. 그 고생을 하느니 차라리 내 가게 거들

먼저 밥이라도 제때 먹고 다니는 게 낫지 않을까 싶은데 문제는 원수 같은 돈이었다. 콧구멍만 한 가게가 보증금에 권리금까지 이천이나 붙어 있어서 남편 죽음 수습 후 겨우 건진 19평 연립 담보로는 겁나고 버거웠다. 형제들이 그런대로 탄탄하게 사는 편이지만 입 떼고 싶지 않았다. 얄궂게도, 하필 지난밤 아들의 기침 소리에 뒤척이다 엄마의 논이 떠올랐다. 그 논을 담보로 대출을 좀 받을 수 있을지 의논하려 했다. 그런데 간발의 차로 이미 사라졌다는 것이다. 애초에 이 집안에서 딸들과는 상관없는 재산이었다. 그러나 스멀스멀 올라오는 이 배신감은 무엇이냐. 이 더운 날 왜 이 고생을 하고 있는지, 그냥 확 돌아가버려? 미수의 몸은 또 화끈거린다. 그런 미수의 심정을 아는지 모르는지 상호 아재는 태연하다.

"요새 사람들이야 딸이 더 좋다 카지만 옛날 사람들이야 죽어서 제사 지내줄 놈이 중한 기라."

"죽은 다음 제사가 뭔 필요 있어요!"

"그래도 그런 기 아이다."

상호 아재의 입 모양은 단호해졌다. 아재는 왜 기어코 동행해서 속을 긁는가. 미수는 가로수 길가에 잠시 차를 세웠다. 큰숨을 한번 뱉은 후 이미 남의 땅이 되었다는 들판을 바라본다. 아재 앞에서 못난 꼴을 보이는 것 같다. 미수는 급한 일이라도 있는 듯 핸드폰 1번을 눌렀다. 대여섯 번이나 울린 후에야 아들의 음성이 흘러나온다.

"왜요, 엄마."

목소리가 잠겨 있다.

"수업 중이야?"

"아니에요, 말씀하세요."

"아침 먹고 나갔니?"

"네."

아들의 대답은 짤막하다.

"몸은 괜찮아? 오늘은 알바 하지 말고 들어가지, 엄마는 내일 일찍 올라갈게."

"괜찮아요, 알아서 할게요."

"그래, 밥 챙겨 먹어라."

별로 잔정이 없는 놈이지만 그래도 목소리를 듣고 나니 한결 마음이 가라앉는다.

"너그 아들도 공부 잘하재? 고놈도 어릴 때부터 똑소리 났다 아이가."

창문을 내리고 담배를 피워 문 상호 아재가 슬쩍 말 부조를 했다.

"잘하기는요, 그냥 그래예."

미수는 퉁명하게 대꾸했다.

"그래도 다를 끼다. 너그 엄마가 얼마나 치성을 드린다꼬. 외손주들도 절대 안 빼고 공을 들인다 아이가."

심사가 일렁이는 미수 얼굴을 힐끗 쳐다본 상호 아재는 말을 더 붙인다.

"너그 엄마가 그 논 팔고 나서 몇 푼 따로 챙기놨다 카더라. 준모한테는 꼭 써야 할 데가 있다 카고. 앞 장날 너그 엄마가 막걸리 한 통 사 와가꼬 한잔 마시면서 말하더라. 그 돈은 오십 넘어 대학 공부하는 네 등록금 줄 끼라 카더라. 니 공부 못 시킨 기 늘 한이 되고 미안한기 많다꼬. 지도 혼자 돼서 새끼 건사하기도 힘들 낀데 제사 때마다 일찍 와서 에미 챙기고 집안 살피는 자식이라 카민서."

미수의 가슴속으로는 쏴아 한 줄기 물결이 인다. 숨을 훅 들이마셔 속절없이 춤추는 오월의 보리 냄새를 들이켰다. 아직 제사 지낼 시간까지는 충분하다. 미수는 속도를 늦추었다. 꽉 막혔던 것이 내려가는지 아재는 시원하게 트림을 해댄다. 그 냄새가 지금은 참을 만하다. 아재는 하품을 하며 등받이에 머리를 붙여 눈을 감는다. 창밖으로 고개를 돌리니 녹음이 울창한 뒷산이 내려다보고 있다. 산어귀를 지나 호젓한 산길을 걸어 외갓집으로 가던 어느 날이 다가온다. 전설 속 한 장면 같은 먼 기억. 그러나 산길을 걸어가며 느꼈던 서늘한 기운과 싱그럽던 나무 냄새는 지금도 손에 잡힐 듯하다.

공장에 다니던 여름휴가 때였다. 미수는 엄마와 함께 하루에 서너 번밖에 차가 다니지 않는 외갓집 제사에 간 적이 있다. 할머니 저녁을 챙겨두고 나선 늦은 출발로 외갓집으로 가는 초입, 아직 먼 거리를 두고 어둠이 내려앉았다. 택시도 없었을까, 아니 택시 같은 것을 탈 엄두를 못 냈던 것일까, 하염없이 걸어가야 했다. 모퉁이 어디쯤에서 도깨비라도 툭 튀어나올 것 같은 산동네였다. 다행히 가득 찬 달빛이 길을 밝혀주었지만, 달빛에 흔들리는 나무와 퍼드득거리는 소리에 오싹오싹 소름이 돋았다. 두려움은 입 밖으로 내뱉는 순간 배가된다. 미수는 엄마 손을 잡고 두려움 저편의 일상을 주절주절 내놓았다.

공장에는 노조가 있어서 좋다고, 노조 사무실에 책이 많아 진짜 좋다고, 퇴근하면 참새가 방앗간에 가듯 갈 곳이 있어서 좋다고, 그런데 정보부 형사가 수시로 들락거리고 간혹 노조 대표가 끌려가기도 하는데 굽히지 않는 사람이라고, 우리처럼 여덟 시간 일하고 일요일 특근을 선택할 수 있는 공장이 거의 없다고, 그게 노조 덕분이고 그런 공장에 들어갈 수 있었던 것은 행운이라고, 구로공단 노동자들이 모두 부러워한다고, 퇴근 후에 영등포 한림학원에 가서 공부한다고, 대학생은 회수권으로 차비를 할인받기에 학원 갈 때는 책을 옆구리에 딱 끼고 대학생 회수권 사서 내고 다닌다고, 회수권을 낼 때는 간담이 졸아들지만, 버스 안내양이 아는지 모르는지 그냥 받아준다고, 노조가 있어 정말 좋다고.

엄마는 미수의 손에 가만히 힘을 주며 말했다.

"어릴 때부터 고생시켜서 미안하다."

어둠 속에서 나지막이 우는 부엉이 소리가 들렸던가. 미수도 까슬까슬한 엄마 손을 꼭 쥐었다.

엄마 손은 거칠었지만 따뜻했다. 징검다리가 놓인 작은 개울이 나타났다. 외갓집이 가까워진 것이다. 엄마가 앞서 건넌 후 미수를 잡아주었다. 그렇게 달밤에 산골 외갓집에 도착했을 때 미수의 외삼촌과 외숙모가 맨발로 뛰어나왔다. 외숙모가 꿰려다 차 던진 고무신이 달빛에 희게 빛났다. 엄마도 형제가 있구나, 동기간이 저렇게 좋은 거구나, 열아홉 살 미수에게 뭉근한 감동이 밀려왔다.

장을 보고 온 상호 아재는 다시 밭으로 나갔다. 미수는 생선 보따리를 들고 집 안으로 들어갔다. 마당에는 이미 노을이 스며들고 낡은 집의 그림자가 둘레를 점령하고 있었다. 낮에 혼찌검을 당한 몽이는 처진 꼬리를 흔들며 눈치 보듯 멀뚱거렸다. 빨랫줄에는 씻어서 매달아 놓은 생선 위로 파리 떼가 윙윙거렸다. 손을 크게 휘저어 파리를 쫓아내고 부엌문을 열자 쪼그리고 잠든 엄마가 보였다. 도리 없이 팔순에 이른 노인이다. 모르긴 해도 엄마는 새벽 서너시에는 일어나 종종걸음 했을 터이다. 생선 비늘이 채 떨어지지 않은 엄마의 손등 위에도 파리가 기웃거렸다. 미수는 못에 걸려 있는 수건 하나를 내려 살며시 맨살을 덮어주었다. 모로 누운 엄마의 어깨가 마치 세워놓은 낫처럼 각이 선명했다. 엉덩이와 등허리로도 살덩어리 하나 잡히지 않는 뼈마디가 각이 섰다. 낫자루 같은 엄마의 어깨가 잔잔히 오르내렸다. 바닥이 배겨 아프겠다 싶지만, 미수는 가만히 바라보고 서 있었다. 저 몸으로 감당했을 엄마의 평생은 무엇이었을까. 그러다 퍼뜩, 머릿속으로 한 줄기 생각이 스친다. 엄마가 아픈 무릎으로 종종거리며 제사 음식을 사다 나르고, 지성껏 상을 차리고, 몰려드는 친척들에게 떡 봉지를 들려 보내고, 자식의 안위를 챙기느라 분주한 순간마다 얼굴에 서렸던 빛, 엄마의 방식으로 화사해지던 빛이었다.

미수는 엄마 방의 서랍을 열어 부조용으로 사둔 빛바랜 빈 봉투를 찾아 오만 원권 몇 장을 넣고 겉봉투에 반듯하게 적었다.

—엄마, 장에 갈 때 맛있는 거 사 드세요. 상호 아재 막걸리도 사 드리고요.

서랍 안에 살며시 봉투를 밀어 넣었다. 미수는 제사를 지내고 내일 새벽 엄마가 깨기 전에 출발할 것이다. 전화기 뒤 벽을 기대고 세워둔 종이가 눈에 들어온다. 농협 달력 뒷면에 크게 적어둔 자식들의 전화번호가 갈지자로 어지럽다. 엄마가 한 글자씩 또박또박 눌렀을 전화기를 들어 신호음을 확인하고 내려놓은 후 마루에 걸린 액자의 파리똥을 닦아낸다. 이 사진들은 언제까지 이 집에 걸려 있게 될까 생각하며 미수는 엄마의 가느다란 숨결에 귀를 대본다. 그사이, 기우는 햇살이 엄마의 각진 등을 넘어 작은 그림자를 그린다. 제사 지낼 사람들은 한밤중이나 되어야 올 거다. 미수는 엄마 몸이 만든 동그란 그늘 안에 등을 대고 누웠다. 두 개의 몸이 하나의 물결처럼 나직이 흔들렸다.

○ 『문학의 오늘 앤솔러지』 2017 증간호

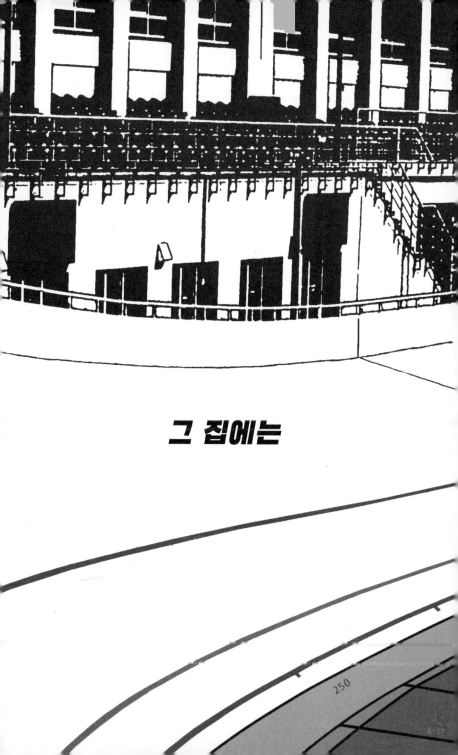

그 집에는

새삼스러운 건 아니지만 전셋집을 구하기는 쉽지 않았다. 장터 신문과 지역 맘카페를 번갈아 살폈지만, 전월세가 섞인 경우가 간혹 있을 뿐 온전한 전세는 눈에 띄지 않았다. 세입자 입장으로는 이자 낮은 대출을 이용할 수 있는 전세가 그나마 유리하다. 만기 때 보증금을 돌려받는 과정이 때로 수월치 않아 불안이 따르기는 하지만 뭉텅뭉텅 사라지는 월세는 살이 깎이는 것 같아서다. 하필 제주도의 주요 이사철인 신구간도 지난 시점이었다.

제주도 사람들은 대한 이후 닷새째부터 입춘 사흘 전까지 일주일을 '신구간(新舊間)'이라 부르며 중요한 이사철로 여긴다. 지상의 일을 관장하는 신들이 일 년 임기가 다하여 하늘로 올라가고 아직 신관이 부임하지 않은 시기, 즉 구관과 신관의 교체 기간인 이때 집을 옮기거나 고치면 동티가 나지 않는다고 믿는다. 대개 이 무렵에 거래가 집중되는데 공교롭게 신구간을 막 지난 탓에 철 지난 논의 이삭줍기처럼 나오는 집이 드문드문했다. 게다가 제주도의 부동산 임대는 독특하게도 일 년 치 월세를 미리 내고 다음 해에 또 일 년 치를 미리 내는 '연세(年貰)' 방식이 대세였다. 웬만한 아파트단지는 보증금 천만 원에 연세 천이백 정도였고 평수가 작은 다세대주택도 연세 팔백은 넘는 게 기본이었다.

중개사 뒤를 종일 따라다녔지만, 가격이 세거나 위치가 외지거나 해서 적당한 집을 구하기 쉽지 않았다. 오십 넘는 동안 뭘 하고 살았을까? 어쩐지 중개인 대하기도 민망해질 무렵 터덜터덜 따라 걷는 연수를 돌아보며 중개인이 말했다.

"오래된 집이 많은 동네지만 평수가 좋은 빌라가 있는데 한번 가보실래요? 공항에서 가까우면서도 소음이 심한 방향이 아니고, 대형 슈퍼마켓이 멀지 않아 살기 편해요."

연수는 무거워진 고개만 끄덕였다. 중개사는 다이어리를 열어 전화를 걸어보더니 가면 되겠다고 했다. 건천을 끼고 좁은 골목이 있는 동네로 들어섰다. 이미 길에는 어둠이 깔리고 있었다. 능숙하게 운전대를 돌리며 중개사는 지금 가볼 집은 이층인데 집주인이 삼층에 살지만 간섭하지 않는다, 지금 세입자가 그 집에서 아기를 낳고 집을 사서 나가는 거라며 운이 좋은 집이라고 강조했다.

운을 잘 챙겼다는 젊은 세입자 부부가 문을 열어주었다. 추운데 좀 앉으라며 새댁이 고맙게도 따뜻한 차를 내왔다. 제주도에서 많이 재배한다는 비트차 색이 고왔다. 속을 좀 데운 후둘러보니 창이 크고 거실이 넓었다. 딸이 일할 직장과도 멀지 않은 거리였다. 무엇보다 이만한 평수에 연세 천만 원 아래가 드물다는 걸 경험한 후였다.

바람의 섬을 체감하게 하는 제주 봄바람이 얼얼한 날, 어린 아기가 있는 현 세입자를 배려해 계약 절차는 그 집에서 만나처리하기로 했다. 집을 한 번 더 보고 싶던 터였다. 낮에 보니볕이 잘 들지 않아 좀 어둡네, 생각하는데 집주인이 삼층에서내려왔다. 사십 대 후반쯤? 나이는 짐작하기 어렵지만, 밤색니트 원피스에 검은색 롱 카디건을 맵시 있게 걸친 여자였다. 일이층은 각각 두 세대로 되어 있지만 삼층은 통째 쓴다는 여자는 모두의 인사를 받으며 고개를 까닥하더니 탁자 앞에 앉았다.

제주도의 독특한 임대 방식은 알고도 낯설었다. 오래된 24평빌라가 제주도 사람들이 '죽은 세'라고 부르는 연세 팔백오십이니 이 년 동안 천칠백만 원이 그야말로 고스란히 죽는다. 여자는 서류 끝에 이름을 적고 그 위에 상아로 깎은 도장을 눌렀다. 연수는 세대주 칸에 남편 이름을 적고 남편 도장을 찍은 후 폰뱅킹으로 이체했다. 여자가 금액을 확인하는 동안 중개사가 각각 한 부씩 계약서를 주었다.

"다 됐죠?"

주인 여자가 연수를 힐끔 보며 말했다. 이제 당신은 가도 된다는 표정으로 느껴졌다. 보일 듯 말 듯한 쌍꺼풀 아래 갈색 짙은 눈이 곧 탁자의 서류로 향했다. 뜨거운 것을 잘 못 마시는 연수의 차는 식지 않았다.

"네, 그럼 이사 날 봬요."

연수가 엉거주춤 의자를 뒤로 빼는데 아기 엄마가 말했다.

"차 다 드시고 천천히 가세요."

이미 엉덩이를 일으킨 연수는 잔을 들고 창가에 서서 홀짝였다.

주인 여자는 표정 없이 아기 엄마와 정산을 마무리했다. 걸음마를 못 뗀 아기가 어른들이 앉아 있는 탁자 옆으로 뽈뽈 보행기를 밀고 다니다 툭툭 부딪쳤다.

연수네는 이삿짐보다 하루 전 항공편으로 제주도에 도착해 빈집에 들어섰다. 주인집 여자에게 문자를 보낸 후 이전 세입자가 알려주었던 숫자를 누르고 문을 열어 비밀번호를 재설정했다.

짐 빠져나간 집을 마주할 때마다 심장에 휭하니 바람이 들고 난다. 간이욕조를 들어낸 세면장에는 거멓게 곰팡이가 보였다. 거실은 회색, 안방은 옅은 보라색 암막 커튼이 덩그렇게 매달려 있었다. 아기 엄마가 이사 갈 집 크기와 맞지 않는다며 두고 갈까요, 물어 냉큼 받은 커튼이다. 집이 바뀔 때마다 쓰던 커튼이 짧거나 길거나 넓거나 좁아졌다. 세를 얻어 사는 일은 더부살이처럼 헛헛하다. 보일러를 켜둔 후 저녁 먹을 곳을 찾다가 제주어 간판이 걸린 식당 문을 열었다. 감물 들인 삼각 보를 머리에 두른 젊은 여자가 혼자 장사를 하는 모양이었다. 작은 식당 벽에 붙은 해물뚝배기와 보말칼국수 사진이 먹음직해 보였다. 잠시 망설이다 해물뚝배기로 통일했다. 뚝배기는 금방 나왔는데 메뉴판 사진만큼 해물이 푸짐하지는 않았다.

저녁을 먹고 들어간 방이 여전히 싸늘했다. 보일러 작동 방식이 별 복잡할 것도 없을 텐데 애를 먹인다. 집주인에게 올라가볼까 하다가 이전 세입자에게 전화를 걸어 재가동했다. 딸이 직장 때문에 한 달 먼저 와 있었기에 원룸에서 쓰던 이불을 펼쳐 발을 싸고 있는 동안 조금씩 온기가 올라왔다. 바람에 볏단 쓰러지듯 어느새 몸이 방바닥으로 기울어졌다.

점퍼를 베개 삼아 눈을 붙였지만, 아침에 일어나니 부석부석한 게 개운치 않았다. 그냥 호텔에서 하룻밤 자고 오자던 남편에게 빈집 두고 군이 그럴 거 뭐 있냐며 궁상을 떤 게 살짝 미안했다. 남편은 일찍 밖으로 나가 사다리차 세울 자리 단속을 했다. 야근을 하고 막 돌아왔는지 끈이 풀린 안전화를 신고 나온 일층 남자가 부은 표정으로 차를 옮겨주는 게 기실 창밖으로 보였다. 남편이 미안해하자 남자는 어깨를 한번 으쓱해 보이고 들어갔다. 주인집 여자는 일찍 나갔는지 빌라 앞에 다른 차는 없었다.

밤새 배를 타고 온 이사차가 도착했다. 책임자로 보이는 남자가 먼저 올라와 꼬질꼬질한 운동화를 벗지도 않고 둘러보더니 아래를 향해 큰 소리로 사다리 위치를 잡아주었다. 요즘은 이삿짐센터 직원들이 비닐 덧신 같은 걸 신고 일하더라만 그는 그럴 염이 없어 보였다. 연수는 덧신, 하려다 속으로 삼켜버렸다. 신든 안 신든 청소하기는 마찬가지일 것이다. 내세울 비싼 물건도 없지만 정리하다 살펴보면 귀퉁이가 벗겨지거나 가구에 금이 가 있는 일이 다반사에 입구가 너무 좁아 장롱을 버린 적도 있었으니 짐만이라도 잘 넣어주면 다행이다.

창문을 떼낸 후 사다리가 걸쳐졌다. 연수네 살림이 대형 컨테이너 안에서 모습을 드러냈다. 가난한 종가 제사처럼 자주 맞는 풍경이다.

사람 살던 집인데도 이사하고 보면 꼭 못 박을 자리가 새로 생겼다. 가족이 처음 갔던 여행 사진 하나, 해가 둥실 떠오르는 그림 액자는 걸고 싶었다. 현관 입구에 걸면 좋은 기운이 들어온다며 선배가 선물해준 액자다. 일요일 이른 시간을 피해 점심때가 되어서야 드릴을 이용해 못을 몇 개 박는데 전화벨이 울렸다. 주인 여자였다.

"뭐 하시는 거예요?"

연수보다 열 살쯤은 젊어 보이는 여자는 다짜고짜 말을 질렀다.

"아, 안녕하세요? 뭐 좀 걸어야 해서 못 몇 개 박는 거예요."

"요즘 못 안 박고도 거는 게 많은데 굳이 일요일에 잠도 못 자게 이래요?"

"주무셨구나, 죄송해요, 다 했어요."

연수는 남편에게 눈짓해 작업을 중단했다. 이사한 첫 주에 이곳저곳 손보는 게 당연하지 뭘 이리 까칠하게 구나 싶어 신경질이 났지만 잠을 깨웠다니 참았다. 안 볼수록 좋은 게 임대인인데 같은 건물에 사는 집을 구하는 게 아니었다. 연수는 되도록 여자의 차가 보이지 않을 때 나가고 들어왔다.

직업이 뭔지 알 수 없는 여자의 차는 때로 종일 집 앞에 서 있기도 했다. 하기야 직업이 뭐 필요하겠는가. 이 건물의 세만으로 살고도 남겠다. 연수로서는 닿을 수 없는 부러움이었다. 차가 집 앞에 서 있던 어느 날 밤 연수는 자다가 놀라서 깼다. 알 수 없는 음악 소리가 지축을 울릴 정도였다. 재즈인지, 헤비메탈인지, 강렬한 음악이 건물을 휘감았다. 위층이었다. 대낮에 못 하나 박는 것을 구박하던 집주인이 저는 한밤중에 이 무슨 난리람. 연수는 작대기로 천장 벽을 부수고 싶은 충동이 일었다. 삼십 분쯤 요란하다 언제 그랬느냐는 듯 고요해지긴 했다. 문제는 이게 어쩌다 한 번이 아니라는 거였다. 여자의 차가 집 앞 주차장에 있는 밤이면 신경이 곤두섰다. 길게 틀어댔다면 배드민턴 라켓이라도 들고 올라갔을지 모르겠다. 말을 좀 해야겠다고 생각했다. 하지만 작정하고 계단 쪽으로 귀를 곤두세운 채 기다리면 여자는 만나게 되지 않았다.

빌라 입구 안쪽엔 늘 우편물이 어지럽게 쌓여 있었다. 우편함이 따로 없어 일층 복도 귀퉁이의 작은 탁자에 일괄 늘어놓는 식이었다. 고지서 외에 받을 우편물이 별달리 없어 쓱 보고 지나치는데 책 봉투 하나가 눈에 띄었다. 한때 구독한 적이 있는 시사 잡지였다. 수령인의 이름은 고명하였다. 제주 탐라국의 시조를 고, 양, 부 세 성씨로 보는 삼성혈의 유래와 유적지가 있는 지역이니만치 고씨 성 가진 이를 많이 본다. 우편물 더미에서는 틈틈이 문학잡지나 주간지 같은 것이 보였다. 반가운 마음에 슬며시 뒤적거려 주소를 살펴보았다. 위층이었다. 계약서에 적힌 주인 여자의 이름은 아니었다. 그의 자녀나 형제 중 말이 통하는 사람이 있을지도 모르겠다는 기대가 슬쩍 스쳤다.

장바구니를 무겁게 들고 오던 연수는 막 현관 안으로 들어서는 여자를 드디어 보았다. 순간 특정 물질에 반응하는 알

레르기처럼 신경이 찌르르했지만 걸음을 다그쳐 따라 들어섰다. 여자는 우편물을 뒤적여 주섬주섬 챙기고 있었다. 위층의 소음에 대해 입을 떼려는데 여자 손에 든 우편물이 보였다. 연수는 기분이 묘해졌다. 한밤중의 소음이 아니라 책 이야기를 먼저 해야 하는 것 아닐까. 하지만 연수가 입을 떼기도 전에 여자는 특유의 무심한 눈빛을 휙 던진 후 계단을 올라가버렸다. 입을 닫게 하는 눈빛이었다. 소통을 기대한다는 건 애초에 어불성설이었다.

소음 문제는 얘기도 못 꺼낸 채 얄궂게도 다음 달 받은 수도세 고지서가 이상했다. 명의를 바꾸지 않아 이전 세입자의 이름으로 왔지만, 분명히 연수네 주소였다. 청소하고 빨래하느라 물을 많이 썼다고 해도 난방비도 아닌 수도세가 팔만 원이나 나올 수는 없었다. 시청 수도과에 전화하니 직원은 잠시 뭘 살피는 것 같더니 그 집이 지난달부터 그렇게 나온 걸로 되어 있다며, 혹 누수가 되는 건 아닌지 살펴보라고 했다. 창밖을 보니 오늘도 여자가 타고 다니던 흰색 SUV 차는 보이지 않았다. 맞벌이한다는 이전 세입자에게 근무시간에 전화를 걸기도 곤란하고, 주인이 위층에 사는데 무턱대고 사람을 부르기도 난처했다. 차 소리만 나면 창문으로 달려가 아래를 내려다보았다. 밤늦도록 계단 올라가는 발소리가 들리지 않았다. 왜 이런 걸 방치했나, 투덜대며 일단 사람을 불렀다. 모 정당의 선거 운동 조끼 같은 것을 걸친 늙수그레한 남자가 검은 공구 가방을 메고 왔다. 그는 먼저 수도꼭지를 잠그고 계량기를 살폈다. 물을 쓰지 않아도 계량기가 저 혼자 돌고 있었다. 휴지를 이곳저곳 수도꼭지 아래에 대고 젖는지 살펴보던 그는 다시 내려가 다른 공구를 가지고 왔다. 누수탐지기인가를 여기저기 대고 귀를 붙이던 기사는 세면장 벽 쪽 호스가 누수되고 있어 갈아야 한다고 했다. 벽을 조금 뚫어야 하고, 집이 오래되어 혹시 다른 곳에 더 문제가 있으면 공사가 커진다는 말도 덧붙였다.

"저희가 세입자인데요, 삼층에 집주인이 사는데 지금 안 계셔서요. 제가 주인에게 전화할 테니 설명 좀 해주세요."

신호음이 여덟 번은 반복되고서야 통화가 닿았다.

"잠시만요."

여자는 자리를 옮기려는 듯 잠시 기다리라 하더니 통화를 이었다.

"그런데 수도 문제를 수도과에 말해서 해결해야지 왜 저한테 말하세요? 세를 얻었으면 사는 사람이 관리하며 사셔야죠."

누수되는 수돗물처럼 여자의 음성에 짜증이 뚝뚝 떨어졌다.

"수도과에서 고장 문제까지 해결하는 건 아니잖아요. 제가 고장을 냈거나 살다 불편한 소소한 거야 고쳐가면서 살겠지만 이사 오기 전에 이미 발생된 문제인데요."

"그럼 고치세요. 저는 수리기사가 아닌데 뭘 어쩌라는 거예요?"

여자는 핵심을 피해 딴전을 피웠다.

"수리비 영수증 챙겨서 드릴게요. 얼마 나올지 모르겠으니 기사님께 설명 들어보세요."

연수는 얼른 전화기를 기사에게 넘겼다.

기사가 한참 상황을 설명하고 수리비 영수증은 여기 주고 갈 테니 받아 가시라는 둥 긴 통화를 하더니 다시 전화기를 연수에게 넘겼다.

"이번은 이사 오신 지 얼마 안 됐으니 해결해드릴게요. 근데 다음부터는 고쳐가면서 사세요."

여자는 빼지 못할 못을 박듯이 말했다.

연수는 말문이 막혔다. 그건 사안별로 다른 문제지 퉁칠 일이 아니다.

"그게 그렇게 말씀하실 건 아니고……"

"세입자가 일일이 고쳐달라 요구하면 피곤해서 어떻게 세를 줘요?"

감정은 면역이 잘 안 생기는지 피곤이라는 단어가 자극적으로 박혔다.

"피곤하다뇨? 공짜로 주시는 거 아니잖아요. 상품을 팔아도 보증이라는 게 있죠."

"오래된 집인 걸 알고 이사하신 거잖아요, 싫으면 나가시면 되죠."

결국 여자는 비수를 찔렀고 누르고 있던 연수의 신경세포들이 곤두섰다.

"나가면 된다고요? 알겠어요. 당장 나갈 테니 보증금 돌려주세요."

"그러세요."

여자는 전화를 탁 끊었고 연수는 주저앉았다.

"가진 사람은 아쉬울 게 없잖아요, 구슬려서 살아야지 박치기해봐야 머리만 깨져요."

늘어놓은 공구를 주섬주섬 끌어 담은 기사는 다시 연락하라며 가버렸다.

계량기는 계속 뱅뱅 돌아가고 연수의 머릿속도 빙글빙글 어지러웠다. 지난달도 이랬다면 이미 확인했어야 했다. 세입자는 이사할 작정이라 내버려두고, 주인이나 중개사도 공과금 정산하면서 모른 척한 거라면 단체로 속인 건가, 의혹이 솟아났다. 집주인이 이러니 세입자가 포기하고 이사 가버린 것 아닌가 하는 생각이 휙 스쳤다. 신을 꿰차고 나섰다.

한천이라고 명명된 천변 길 따라 지대는 높고 층은 낮은 빌라가 밀집한 골목 옆에 자동차들이 주차되어 있다. 가끔 눈에 띄는 고급 승용차는 동네 풍경과 겉돌아 보인다.

'부러리'라는 독특한 마을 이름의 내력이 지대가 높은 모퉁이에 문화재 안내판처럼 서 있다. 마을 이름 유래가 아름답다. '지형이 달과 비슷한 형국, 또는 달이 뜨는 모습이어서'

또는 '달 뜨는 모습이 잘 보일 만큼 높은 지대이기 때문에' 붙여진 이름이라고 설명되어 있다. 지향 없이 비스듬히 아래로 더 내려가 차도 옆에 이르니 오메기떡집, 은하수다방, 직업안내소 옆으로 특이한 간판 하나가 눈에 띈다. 빨간 글씨로 '체 내려드립니다'라고 플라스틱판에 코팅해서 벽에 딱 붙여놓은 세로 간판이다. 이게 뭐지? 체라면 곡식을 고르는 농기구? 그건 아닌 것 같다. 바로 옆의 떡집 여자가 가판대를 정리하다 기웃대는 연수를 봤는지 고개를 내밀었다.

"안녕하세요? 체 내려준다는 게 뭔가 싶어서요."

"아, 그거? 말 그대로 체한 거 내려준다는 말이에요."

"어떻게요?"

"뭐 손을 따거나 그런 것과 비슷한 원리겠죠? 우리 아이도 밤에 탈이 나서 이 집 선생님 도움을 받았어요. 명치에서 배쪽을 죽죽 훑은 후 목구멍에 손을 쑥 넣으니 애가 두부를 먹은 것도 아닌데 하얀 순두부 같은 게 울컥 나오더라고요. 그렇게 트림하더니 내려갔어요. 제주도는 체 내려주는 집이 많아요."

떡집 주인은 손으로 활발하게 경험을 묘사해주었다.

"그런 게 있군요. 신기하네요."

"자리물회 먹고 체한 것 같은데 돼지고기가 튀어나왔다는 얘기도 있어요. 그러니까 체한 사람 상태 들어봐서 명치에 있던 걸 내려보내기도 하고 튀어나오게도 하여 속을 편하게 해주는 거죠."

친절히 설명해준 여자에게 인사를 하고 다시 걷는다.

지역 맘카페에는 가끔 '넋 들이는 집'에 관한 글이 있었다. 충격을 받거나 어떤 일로 넋이 나간 사람을 굿을 통해 회복시키는 모양이었다. 척박한 역사를 지닌 제주도이고 바다에서 생사를 가르는 사람이 많아서인지 신당도 많다고 들었다. 동네 골목 사이에도 '박보살', '유명철학관' 같은 간판들이 눈에 띄었다.

마음의 체증도 순두부처럼 왈칵, 하얗게 내려줄 수 있을까? 실없는 상상을 하며 한천을 따라 계속 걸었다. 매끈한 바위를 타고 맑은 물이 흐르는 육지의 골짜기 계곡들과 달리 제주도의 하천은 대부분 바닥이 드러나는 건천이다. 특유의 검고 거친 현무암이 웅장하게 골을 만들어 몸을 틀며 바다로 이어진 건천은 군데군데 약간의 시커먼 물이 고여 있기도 했다. 천변을 따라 바다 방향으로 걸어 내려가 용연다리에 서니 체구가 크지 않은 연수의 무게로도 다리가 한 번 출렁했다. 다리 아래 깊게 파인 소에는 검푸른 바닷물이 들어차 있었다. 얼마 전 다시 꺼낸 현기영 선생의 소설 『지상에 숟가락 하나』에, 예전에는 용연교 아래 소에서 아이들이 수영을 하며 놀았다는 구절이 있었다. 바닷물이 들고 나는 소는 꽤 깊고 위험할 것 같은데 그땐 그랬다니, 아이들이 학교에서 돌아오며 벗은 옷과 책 보따리를 머리에 이고 소를 건너는 장면을 잠시 상상해본다. 용두암은 관광지로 유명해서 대형버스와 렌트한 승용차들이 오르내렸다. 연수는 용담 해안이 아닌 반대쪽으로 발길을 돌렸다.

천천한 걸음으로 대형슈퍼와 탑동광장을 지나 방파제 등대에 기대어 앉았다. 바다는 구름 아래 푸르게 흔들리고 사라봉 옆의 아파트며 크고 작은 집들은 눈동자 안에서 흔들린다. 몇 번이나 더 이사 다녀야 정착이 될지, 그런 날이 오기나 할지 마음은 수평선 멀리 아득해졌다. 연수는 꿈을 꾸면 이 집과 저 집이 뒤섞여 나타나고, 밤중에 화장실 가려고 벽을 더듬다 장롱에 머리를 박고서야 집이 달라졌음을 깨달은 적이 셀 수도 없다. 전입신고 후 주민센터 직원이 신분증 주소를 바꿔줄 때마다 괜히 위축되었다. '백 명 중 한 명만 방주에 타는 거야. 나머지 아흔아홉 명은 가라앉는 거지.' 어느 영화의 부동산 브로커 대사를 들으며, 잔인하지만 그래도 아흔아홉이 가라앉는다면 덜 외롭긴 하겠다고 생각한 적이 있었다. 집 문제가 닥칠 때마다 타이타닉의 보트에서 밀려나 홀로 바다에 떠 있는 기분이었다. 난민은 나라 잃은 사람에게만 해당되는 게 아니었다. 또 이사 갔어? 어 K시에 사는 거 아니었어? 택배 기산데요, 왔는데 이사 가셨다고 해서요…… 매번 수첩을 펼쳐놓고 새 주소로 바꿔놓아도 예전 주소로 뭔가 배달되었다. 같은 사람에게 달라진 주소를 알릴 때마다 자괴감이 들었다. 연수는 그때마다 농담처럼 말했다.

"내가 방랑벽이 있어서……"

방랑 또 하지 뭐, 이사 한두 번 하는 것 아닌데 이런 인간을 참을 수는 없다는 심사가 가라앉지 않았다. 그러나 어떻게? 한 달 만에 또 어디로? 이런 자라면 필경 세입자에게 이사 비용도 다 부담하게 할 것이다. 보증금 돌려받기도 전쟁이 될 수 있다. 더구나 여기는 제주도다. 이웃 어른을 삼촌으로 호칭하고 사돈의 팔촌까지 거미줄처럼 이어지는 궨당문화가 튼실한 이 도시는 육지에서 온 사람들에 대해 그다지 신뢰가 없어 보였다. 외지인, 육짓것, 떠날 사람…… '육짓것'인 연수네는 아는 사람도 없다. 어떤 경우든 분란이 일어나면 불리하다. 연수는 박치기로 들이박고 싶은 오기와 어쩌겠는가 감수하고 말자는 마음이 엎치락뒤치락했다.

저녁 무렵이 되어 터덜터덜 돌아와 장롱이며 책상을 둘러보았다. 미처 풀지도 않고 발코니에 켜켜이 둔 상자들이 거북하다. 책장을 놓을 자리가 없어 일단 쌓아둔, 차마 못 버린 책들이었다. 저녁 지을 기운이 나지 않아 냉장고만 열었다 닫았다 하는데 전화벨이 울렸다. 여자였다.

'집주인'이라는 글자가 뜨면 가슴이 쿵 뛰었다. 방학동 집주인, 우이동 집주인, 동네나 지명만 바뀌는 기호일 뿐 저장된 이름은 없다. 사람의 보금자리가 가장 비인간적으로 거래되는 셈이었다. 집 비워달라, 전세금 올려달라, 월세 올려달라, 그런 때 말고 뭐가 있었을까? 사용하는 상품에 문제가 발생하면 구매자가 판매처에 당당하지만 유독 주택 임대는 늘 구매자가 불안하다.

연수는 훅 숨을 한번 들이마시고 통화 버튼을 눌렀다. 여자의 카랑한 음성이 한 톤 낮아져 있었다.

"아까는 제가 말이 좀 심했어요. 수도는 수리기사 보낼 테니 고치세요. 알아보니 부과된 요금은 누수 수리 영수증 지참하고 수도과에 가면 반환해준다니 가셔서 처리하시고요."

예상 밖이었다. 연수는 잠시 멍했지만, 가슴을 쓸어내렸다. 그래도 상식은 있는 사람인 건지, 그래봐야 피차 득 될 것 없다는 잇속 빠른 판단을 한 건지는 모를 일이었다. 번거롭고 귀찮은 게 싫을 수도 있다. 아니, 좋은 책을 들고 가던 여자니까 싶기도 했다. 사람은 살아온 결에 따라 인연이 될 수도, 악연이 될 수도 있다. 늘어날 뻔했던 연수의 이사 이력 하나가 줄었다.

연수는 곧잘 지역의 맘카페에 들어가 이런저런 정보를 얻었다. 어디에 무엇이 싸다느니, 이비인후과는 어디가 잘 보더라느니, 다양한 정보들이 공유되었다. 봄에는 고사리 얘기로 분주했다. 연수도 고사리를 꺾어보고 싶었지만 삶아 말릴 자리가 마땅치 않았다. 고사리시기가 지나자 초당 옥수수가 맛있다고들 왁자하기에 판매처를 물어본 후 달려가서 스무 개

묶음 한 자루를 사 왔다. 6월에 반짝 나오는 초당 옥수수는 한여름에 나오는 찰옥수수보다 훨씬 비쌌지만, 소금 설탕 없이 찜솥에 올려 십 분만 찌면 연하고 달았다. 3월에 사 먹었던 천혜향의 상큼함에 반한 입맛이 여름 초입 초당 옥수수로 행복했다. 입은 즐거웠지만, 날이 더워지니 제습기를 사러 가야 했다. 전기를 꽂아두면 물이 한 통씩 차는 게 놀라웠다. 장마가 지나고 눈이 휘둥그레지는 태풍도 몇 차례 지나간 어느 날 아침, 연수는 세면장 벽에 연필 자루만큼 금이 나 있는 것을 보았다. 왜 저러지 싶던 금이 점점 커지더니 급기야 벽에서 타일이 몇 조각 떨어져 나왔다. 자라 보고 놀란 가슴 솥뚜껑 보고도 놀란다고 옆집은 괜찮은 걸 확인하고서야 집이 무너져 내리는 상황은 아닌 듯해 좀 진정되었다. 이 집은 정말 왜 이리 문제가 많을까? 무거운 돌덩이가 가슴에 얹히는 기분이었지만 형광등을 갈거나 샤워기나 수도꼭지를 교체하는 문제가 아니니 도리가 없어 위층을 향했다. 마침 때를 같이해서 문을 찰칵 잠그는 소리가 들리더니 여자가 마주 내려왔다.

"무슨 일이세요?"

다 자르고 지르는 어투는 버릇인 것 같았다.

"세면장 벽에 금이 가고 타일이 떨어져 나오네요."

인사부터 하려다 머쓱해진 연수도 건조하게 말했다. 떨어진 게 몇 조각뿐이라는 말은 하지 않았다.

"타일이요? 왜요?"

"글쎄 저도 그걸 몰라서……"

여자는 미간을 찌푸리더니 잠시 침묵했다.

"그 댁에 아저씨 계시잖아요, 뭐라고 하세요?"

연수는 남편이 외지에서 일한다는 말은 안 하는 게 좋겠다고 생각했다.

"제 남편은 이런 일은 잘 모르는 사람이어서요, 주인댁에 말해서 조치해야 될 것 같다는데요."

"시간이 없는데, 지금 나가야 해요."

"그래도 보셔야…… 놔둘 순 없잖아요?"

"집 하나가 참 신경 쓰이게 하네, 알아서 좀 하시면 안 되겠어요?"

집이 문제라는 건지, 세입자가 문제라는 뜻인지 애매한 투였다.

"그동안 주방 수도 파이프도 물이 새서 제가 갈았고요, 안방 전등도 접촉이 되다 안 되다 해서 사람 불러 갈았어요. 웬만한 거는 말씀 안 드리죠. 그런데 벽체 타일이 떨어지는 것을 세입자가 마음대로 할 수는 없잖아요. 그러다 뭐 잘못되면 어떡해요?"

연수는 이 여자 짜증 지수가 올라가는구나 싶은데도 한껏 차분히 말했다.

여자는 포옥 한숨을 쉬더니 차갑게 내뱉었다.

"집을 빨리 팔아버려야지……"

연수는 하마터면 그럼 파시든가, 라는 말이 튀어나올 뻔했다. 『녹색 평화』를 읽는 여자가 아니라 살기 싫으면 나가면 될 거 아니냐 하던 그 여자가 맞다. 연수는 마주 보기도 역겨웠지만, 호흡을 가다듬었다. 여자의 성질머리가 이마를 타고 파르르 흐르는 듯했다.

"지금은 안 돼요, 나중에 볼게요."

"매일 바쁘시잖아요, 언제……?"

"전화할게요."

뭐라 대꾸할 새도 없이 여자는 통굽 소리를 내며 또각또각 내려가버렸다. 옷소매를 잡아끌어 앉힐 수도 없었다. 이런 싸가지! 욕이 튀어나왔지만 이미 사라진 후였다.

단 몇 분이면 들어가 볼 것을, 제 입성은 반지르르한 여자가 세입자 사정에는 무신경했다. 남편에게 전화를 걸어 설명하니 내벽의 문제는 아니고 덧댄 타일이 벗겨지는 것 같은데 그대로 두면 계속 떨어질 수 있으니 보수가 좀 필요한 것 아닌가 싶다고 했다. 당신이 와서 좀 하지, 공연히 치미는 원망을 삼켰다. 머리가 하나 깨져야 쫓아올 건가, 화가 나서 벽이라도 들이받고 싶지만 주인 여자는 답답한 놈이 샘물 파겠지 하는 속셈인 것 같았다. 화를 어디에고 쏟고 싶어 탐라 맘카페를 열어 주절주절 쓰다가 '육짓것'에 생각이 닿고는 멈칫해 글자를 지웠다.

여자는 연락이 없었다. 밤중에 들어오는 것 같았는데 낮에는 보이지 않았다. 문 앞을 지키고 서 있을 수도 없고 한밤중에 올라가 따질 수도 없었다. 지치면 알아서 할 거라는 심보가 분명했다. 전의 세입자가 포기하고 이사 간 게 분명하다는 심중을 굳히다 보니 상냥하던 아기 엄마에게 속은 것 같아 따지고 싶을 지경이었다.

연수가 속을 끓이는 동안 언제 들어왔는지 여자의 차가 주차장에 서 있었다. 걸핏하면 음악을 틀어대더니 전날 밤은 조용했다. 종일 여자는 기척이 없었다. 새벽에 들어와 지금껏 자는지 알 수 없는 노릇이었다. 연수는 발코니 밖으로 흘깃흘깃 차를 확인하다 저녁 무렵 전화를 걸었다. 통화는 닿지 않았다. 음을 소거한 건지, 연수 전화를 피하는지 알 수 없었다. 간격을 두고 다시 걸었으나 마찬가지였다. 화가 치민 연수는 문소리를 크게 낸 후 계단을 올라가 벨을 눌렀다. 반응이 없었다. 꾹 누르다 급기야 문을 두드려도 마찬가지였다. 성질머리 까칠한 여자가 이 정도로 무신경할 수는 없을 것이다. 세워둔 차는 미동을 하지 않았다. 다음 날도 그대로였다. 차 밑에 두툼한 종이를 살짝 밀어두어 보았으나 자국도 나 있지 않았다. 전화는 여전히 불통이었다. 이상한 기분이 들었다. 아침마다 아들 집에 손주를 봐주러 간다는 앞집 노인 부부 집 문을 두드렸다. 저녁때라 집에 와 있던 할아버지가 메리야스 차림으로 문을 열었다.

연수가 호들갑을 떨었으나 노인은 멀뚱했다.

"무사 영 조들맨?"

"이렇게 연락이 안 되니 이상하잖아요?"

"게메이, 자고이신가? 호꼼 기다려보주게."

여러 날 전화도 안 받고 문도 두드려봤다는 연수의 말은 어디로 들었는지 딴소리였다.

"며칠을 잔다고요?"

"게믄 여행 가신가?"

"차는 있는데……"

"택시 탕 가실테쥬."

노인의 언어는 표정과 함께 대충 이해했지만, 뭔 수선이냐는 식의 퉁명스러움은 이해하기 어렵다. 아래위층 사람들 모두 도무지 상냥한 구석이 없다. 단체나 조직이 대표의 마인드에 따라 풍토가 만들어지는 것을 더러 본 연수는 이 집터가 불친절인가 보다 투덜거렸다.

경찰에 신고해야 하나, 그러다 아무 일도 아니면 그 신경질을 어찌 감당한담, 옆집 노인의 익숙한 듯한 태평함을 보니 공연히 오지랖을 부리고 있는 건가, 이러지도 저러지도 못하고 속을 끓였다. 타일 처리도 그렇지만 못된 집주인일지언정 무슨 일이 생기면 안 되는 것이었다. 보증금도 들어가 있고 연세도 들어 있다. 하지만 달리 연락할 곳 없는 관계이니 도리 없어 계단 앞 우편물을 뒤적이다 고명하라는 이름이 떠올랐다.

연수는 거실 창 옆에 자리한 작은 책상에 앉아 컴퓨터를 켰다. 검색창에 우선 '제주도 고영숙'이라는 활자를 넣어보니 모자반 음식 고영숙, 해녀 노랫말 고영숙 등이 있었지만 특별히 연관성은 없어 보였다. '제주도 고명하'로 검색하니 여러 개가 떴다. 지역에서는 제법 명망 있어 보이는 프로필이었다. 책을 꽤 읽는 편인 연수는 알지 못했지만, 지역신문 기사에도 있고, 그가 쓴 여행기와 소설도 있었다. 기사의 내용이 삼층 여자의 우편물과 맥이 닿아 보였다. 연수는 걸어서 자주 가는 산 아래 도서관에 버스를 타고 달려가 고명하의 작품을 빌려 왔다. 잘 읽히는 문장이었다. 연수는 그 가운데 한 편의 글에 오래 머물렀다.

......

정신이 오락가락해지면서 할머니는 늘 욕을 했다.

"XX할 년, 지 새끼보다 돈 밝히는 X."

귀에 닿을 때마다 온몸 세포가 파르르 일어나던 말도 반복되니 면역이 생겼다.

듣고 싶은 말보단 욕이 익숙했던 탓일까, 마음은 아닌데 뱉고 보면 말이 비틀려 있었다. 다정하면 개펄 장화처럼 빠져들고, 냉정하면 불안해 미리 잘라내니 관계는 곧잘 어긋났다.

철들고 가난을 체감하면서 문득 나였어도 이 집구석이라면 도망가고도 남음이 있겠다고 생각했다. 사람살이가 극과

극으로 갈리는 서울의 고층 아파트 옆에서 난민이나 진배없이 사는 동안 재개발업자와 땅 주인 사이에서 깔고 앉은 호빵처럼 짓눌려 살았다. 다행히 어찌어찌 학업이 이어졌지만, 등록금을 벌어야 하는 건 당연했다. 동아리방 숙식은 호사고, 백화점 화장실에서 캄캄하게 지샌 날도 있었다. 돈을 벌 수 있는 일은 범죄가 아니면 다 해보았다. 돈 많다는 사람과 결혼도 했다. 패착이었다.

왜 제주도에 오고 싶었는지는 모르겠다. '그 X'의 고향이 제주도라고 얼핏 들었던 탓일까?

정글처럼 풀숲이 무성한 곶자왈에 들어서면 고향의 품에 드는 듯 안온해졌다. 숲길에서 갈래를 잃어 거듭 돌다가 만나게 된 이들과 인연이 되었다. 어느 날 그들의 사무실에 갔다가 액자에 담긴 이철수 화백의 판화 글씨에 이상하게 마음이 움직였다.

'나도 자연이지 네가 그런 것처럼'

환경보호를 위해 활동하는 사람들이었다. 사람도 하나의 자연으로 공존 공생해야 한다는 태도가 맘에 들었다. 가끔 캠페인이나 세미나에 참여하다 회원이 되었고 홍보 일도 거들게 되었다. 인생 후반의 에너지를 욕심 없이 쏟는 게 좋았다. 숲과 길에서 쓴 글을 묶어 책을 낸 후 강의도 했다.

터를 잡고 살기로 작정한 후 지인의 권유로 경매에 나온 삼층짜리 낡은 빌라를 샀다. 노후 대비용으로 싸게 산 집은 세

받을 땐 다행이다 싶다가도 툭툭 터져 나오는 수리비가 골치였다. 가진 거라곤 이 집뿐인데 은행 빚은 까마득하다. 세입자 하소연이 불편해서 숨바꼭질할 때면 팔리지도 않는 집이 애물단지 같아 불쑥불쑥 울화가 치민다. 잠들고 싶어 음악을 틀고 살사를 춘다. 때때로 나이 든 여자가 집을 구하러 오면 민망할 정도로 얼굴을 뜯어보다 실소한다. 설움 같은 게 차오르면 글을 쓴다.

      ……

앞뒤를 꿰어보니 고명하는 고영숙이 분명했다. 누구나 겉으로 보이지 않는 제 몫의 외로움을 감당하며 사는 것이었다. 화가 차 있는 사람은 외로운 탓이다. 연수에게 집은 절박한 주거 문제지만, 그 여자에게 집은 곶자왈 같은 것인지도 모르겠다는 생각이 든다. 안온하지만 때로는 정글같이 복잡한.

오래된 빌라의 주인이라 당연히 제주 토박이라고 생각했는데 그도 이주해 온 고단한 사람이었다.

그가 춤을 추고 글을 쓰듯, 연수가 쓰는 글도 튀어나오려는 속 가시를 둥글리는 행위일지도 모르겠다. 작가로 인정받고 싶어서 여러 차례 공모전에 수필이나 소설 투고를 했지만, 결과는 신통치 않았다. 최근에 지역 신문사가 주최하는 공모전에도 투고할 수필을 썼다. '집 또는 공간'이 주제로 제시되어 있어서 떠오르는 게 많았다.

연수에게 집은 간절하면서도 아득하다. 얼마 전에는 자주 걷던 길이 막혀 한참 서 있었던 적이 있다. 바다를 옆에 둔 옛 마을 길, 낮은 언덕과 파릇파릇 채소가 자라던 밭길이 흔적조차 없어져버렸다. 싹 밀어버려 맨흙만 드러난 거대한 공사장에는 출입 금지 푯말이 세워져 있었다. 상업지역을 조성한다느니 대단지 아파트가 들어선다느니 소문은 있었다. 머리 위에 있던 하늘과 햇빛이 어느 날 막혀버리고, 공기와 바람도 가두어버리는 구조물, 천연의 자연을 세금도 없이 점유해버리는 건물들은 과연 정당한가. 흔적을 잃어버린 옛집과 골목들이 안타까웠다. 바람과 햇볕, 하늘마저 막고 그렇게 수많은 집들이 만들어지지만 연수의 집은 어디에도 없다. 절실하면서고 잔인한 주제였다.

연수는 청년 시절부터 옮겨 다닌 집들에 대해 써보기로 했다. 도시와 지방을 돌고 돌았지만 가장 그리운 집은 작고 초라한 엄마의 집이라고.

신문사 홈페이지에 들어가 원고 발송을 클릭한 후 올레를 걸으며 설문대할망에게 어설픈 제주어로 빌었다. 치마폭에 흙을 퍼 올려 한라산을 쌓고 제주도의 땅과 나무를 이룬 설문대할망은 어쩐지 든든한 배경 같았다.

할망, 제주도민으로 살게마씸 살길도 글 길도 틔워줍서.

세면장 타일은 어른 머리만 한 크기로 내벽이 드러났지만,

더 커지지는 않았다. 어차피 기한이 차면 이사해야 할 테고 이미 상황은 전달했으니 내버려두자는 심사가 되었다. 내 집도 아니고 흉하기로 따지면 사람 속이 더할 텐데 까짓거 싶기도 했다. 어느 날, 갑자기 눈에 붙어 날아다니는 하루살이같이 없는 것을 잡으려고 헛손질을 하다가 시나브로 원래 있던 것처럼 익숙해지는 비문증 같다고 할까.

걷기 좋은 날, 연수는 작은 가방을 메고 책을 반납하러 도서관에 갔다.

일층에는 매일 들어온 신문을 가지런히 정리해두는 신문철이 있고 가운데는 두 개의 어항을 중심으로 앉아 쉬거나 책을 펼칠 수 있는 둥그런 나무 의자가 있다. 신문을 뒤적여 기사의 제목을 쭉 훑은 후 한쪽 벽에 배치한 신간 코너를 둘러보았다. 출간되는 책이 다 들어오는 건 아니겠지만 요즘 많이 읽히는 책이 어떤 것인지 짐작할 수 있다. 저 벽에 정연수 이름 인쇄된 책이 꽂히는 날을 꿈꾸어본다.

대개는 일층을 한 바퀴 둘러본 후 이층으로 올라가 책을 반납하거나 빌려 오는데 이날은 학생들이 우르르 몰려가는 게 궁금해 따라가보았다. 일층의 긴 복도 안쪽에 강당이 있었다. 입구에서 안내하는 여직원이 학생들에게 행사 안내장과 설문지를 나눠주며 나올 때 작성해서 제출하면 선물을 준다고 설명하고 있었다. 아마도 학생들의 내신 성적에 도움이 될 터이다. 강당이 크지 않고 사전 예약을 받아서인지 인원은 스무 명 남짓이었다. 강의 제목은 '곶자왈의 비밀'이었다. 자발적이든 내신 욕심이든 좋은 주제였다. 상큼한 학생들의 기운에 공연히 흐뭇해져 미소를 보내고 되돌아섰다. 그때 막 들어서는 여자, 그였다.

"어."

연수는 놀라서 눈만 멀뚱멀뚱했다.

여자도 눈앞의 예상치 못한 얼굴에 잠깐, 누구지? 하는 표정을 짓다 비로소 "아"라고 짧게 이해했다.

"안녕하세요? 여기서 뵙네요."

연수가 먼저 입을 열었다.

"네, 어쩐 일이세요?"

애초에 반가워하리라는 기대는 하지도 않았다.

"책 빌리러 왔다가…… 그런데 어쩐 일로?"

"네, 저도 일이 있어서. 그럼, 일 보시고 가세요."

여자는 사적인 교감을 차단하는 몸짓으로 고개를 까딱하고 지나가버렸다. 미처 인사를 매듭지을 틈조차 없었다.

안내하던 여자가 선생님 오셨어요, 어쩌고 반기는 목소리가 들렸다.

허허, 너라는 여자는 참…… 연수는 피식 한번 웃고 자료실로 올라갔다.

그가 어떤 말투로 무엇을 강의하는지 궁금하기는 했다. 수

강자로 앉아 있으면 눈이라도 마주칠까, 상상이 잘 안 된다. 그래도 청소년을 대상으로 환경 강의를 하러 오는 여자를 보니 어쩐지 좀 안심이 되었다.

잔디가 예쁘게 깔리고 한쪽에 작은 연못이 있는 도서관 바깥뜰에 햇살이 퍼져 있다. 연수는 도서관에 오면 이 연못 벤치에 앉아 물방개며 금붕어를 들여다보곤 한다. '…… 깊은 산 오솔길 옆 자그마한 연못엔 지금은 더러운 물만 고이고 아무것도 살지 않지만 먼 옛날 이 연못엔 예쁜 붕어 두 마리 살고 있었다고 전해지지요, 깊은 산 작은 연못……' 어쩐지 이곳에 앉으면 양희은이 부른 노래 가사가 입안에서 흥얼거려진다.

정말이지 금붕어 두 마리가 장난을 치며 파닥파닥 오간다. 붕어 등에 부서지는 햇살 탓일까, 내일은 밤도깨비 같은 여자가 사는 삼층에 해물 넉넉히 넣은 김치전이라도 한 접시 들고 올라가봐야겠다고 연수는 생각했다.

집의 조건

보금자리 부동산에서 고객을 상대하던 언젠가부터 노동으로 가난을 벗어날 수 없다는 말을 자꾸 하게 되더라고 선희는 말했다.

"노동의 가치 속에 긍지를 지니며~ 그 노래 즐겨 부른 사람 누구였더라?"

"그래서 더 속이 터지는 것 같아."

대꾸를 잃은 나는 마당 옆 텃밭에서 일하는 진구 씨를 물끄러미 바라보았다. 그는 밭고랑에 봉긋봉긋 검은 비닐을 씌운 후 10센티 간격으로 구멍을 뚫고 있었다. 씨감자를 묻을 거라고 했다. 합판 상자에 담긴 파릇한 모종들도 대기 중인 것을 보니 비닐을 씌우지 않은 쪽은 고추며 가지를 심을 모양이다.

농사를 모르는 선희는 남편이 신통한 표정이다. 간밤 내린 비로 투명해진 햇살이 야외 탁자에서 낮잠 자는 고양이 등에서 반짝였다. 삿갓 같은 모자를 쓰고 작은 밭에서 열중하는 진구 씨 모습이 어우러져 고즈넉하다. 시선을 의식했는지 고개를 돌려 씩 웃음을 날린 그의 호미질이 더 빨라지는 것도 같다. 민들레 홀씨인지 송화인지가 마스크를 벗어 던진 코끝에 닿아 훌쩍이는데 선희가 비염에 좋다며 목련차를 내밀었다. 차 색깔도 봄볕이다.

속이 터진다고 말했지만, 선희는 비로소 느슨해 보인다. 오래 보던 정장 차림이 아니라 운동복 바지 위에 툭 걸쳐 입은 헐렁한 셔츠 때문일까.

선희가 호미를 손에 드는 모습은 상상하지 못했다. 그는 도시에서 나고 자랐다. 그러나 촌에서 자란 나와 묘하게 부조화한 게, 나는 깍쟁이처럼 딱 자르는 성미인데 선희는 전라도닷컴 지면을 채우는 촌사람들처럼 후덕했다. 최루가스를 미세먼지처럼 마시고 살던 때, 이 문장에서 나는 잠시 생각한다. 아 그때 우린 마스크도 쓰지 않은 채 얼굴 가득 그걸 다 마셨구나. 미세먼지니 코로나니, 단어도 모를 때였지만 먼지 많은 섬유공장에서도, 최루가스 퍼붓는 광장에서도 마스크 같은 건 쓰지 않았다. 형편이 안 되어서? 얼굴을 가리면 더 검문에 걸리기 쉬워서? 아무튼 공단의 작은 선술집이나 다섯 명 앉으면 꽉 차는 자취방에 열 명도 넘게 앉아 매캐한 뒤풀이를 하다가도 나는 칼처럼 일어났지만, 선희는 사람들을 잘 떨치지 못했다. 불가피할 때는 주머니를 털어 술값이라도 보태고서야 일어섰다. 선희의 태도는 가끔 나를 무색하거나 부끄럽게 했다. 그런 선희였지만 시위를 계획하고 광장에 섰을 때는 내 머뭇거림을 싹둑 자르고 맨 먼저 달려 나갔다. 궂은일에는 단호했지만, 관계에서 유연한 선희가 우는 모습을 딱 한 번 보인 적이 있다. 굴비처럼 한 줄에 묶여 재판을 받으러 가던 날, 선희의 늙은 아버지가 호송차 밖에서 창을 올려보며 허적허적 따라오던 순간이었다. 손이 묶여 있어 어깨도 안아주지 못했던 순간이 정지된 화면처럼 남아 있다.

아들의 문자를 받은 후 싱숭생숭 잠을 설친 아침, 문득 기차를 타고 싶어졌다. 선희네 시골집 툇마루가 떠올랐기 때문이다.

아들은 대학 다닐 때부터 온갖 일을 했다. 취업한 후에도 영끌이니 주식이니 법석이어도 눈 돌리지 않는 게 미덥고 고마웠다. 아들이 세 들어 있는 서울 끝자락의 다세대 빌라를 소개해줬던 부동산 중개사가 동네의 이십 년 된 아파트 스무 평짜리를 이억오천이면 살 수 있다고 권했기에 더욱 착실하게 모았다. 육 개월 남은 전세 기간을 채운 후 전세금과 예금을 합하고 오천만 원을 대출하면 살 수 있었다. 나는 아들이

사게 될 낡은 집의 인테리어를 해줘야겠다고 내심 작정했다. 아들은 퇴근할 때마다 그 아파트의 불빛을 올려다보며 미래를 설계했을 것이다. 낡은 스무 평이 그리 아득한 꿈일 줄은 꿈에도 몰랐다. 서민을 위한다며 내놓은 주거 정책이 서민의 뒤통수를 쳤다. 중개사와도 다 얘기가 되어 있던 이억 대 아파트가 하루아침에 사억 대 매물로 둔갑해버렸다. 2+2 전세 대책이 발표된 직후였다. 옥수수가 팝콘이 되는 것도 아니고 집이 도대체 무슨 이런 짓을 하는지 너무 놀랐다. 온갖 아르바이트를 거쳐 어렵게 취업한 직장에서 모은 아들의 전 재산만큼이 하루 만에 절망의 숫자가 되어버렸다. 예금 액수는 변동이 없지만, 이미 어제의 가치가 아니었다. 진즉 그 집을 사지 않고 육 개월을 미룬 것 때문에 일억오천이 날아간 꼴이었다. 묵직한 성품의 아들이 눈에 보이게 좌절했다. 어쩌면 이사한 후 결혼도 할 생각이었는지 모르겠다. 어느 날 아들 사는 동네에 갔다가 아들과 함께 있는 여자 친구를 보고 당황해 뭘 묻지도 못하고 허둥지둥 나왔다. 아들은 뭐든 분명해져야 말하는 성격이었다. 친구들이 핸드폰 바탕화면에 손주 사진을 깔아두고 자랑할 때면 은근히 기대하기도 했다. 한치 눈앞도 못 짚는 어리석음일까. 생전 그러지 않던 녀석이 한밤에 취한 목소리로 등 뒤엔 벽이고 앞에는 낭떠러지만 보인다며 일은 해서 뭐 하며, 돈은 벌어서 뭐 하느냐, 엄마 시시포스 신화 알지? 엄마, 나도 귀농 같은 거 해볼까, 주절거렸다. 불안과 후회가 가슴을 쳤다. 전세 만기를 기다리는 아들에 잘도 맞추어 기껏 인테리어 비용을 대겠다는 속마음으로 몇 달 남은 적금 만기를 기다렸으니 부모가 못나 자식의 기회를 날린 것만 같았다. 공인중개사 친구를 두고도 왜 의논하지 않았을까? 서른도 넘은 자식 일을 가지고 부모가 극성떠는 것 같아 부끄러웠을까? 지나고 보니 정작 무식하게 위선 떨고 앉아 있다 당한 꼴이니 그게 더 부끄럽다.

부동산 공인중개사로 오래 일한 선희는 몇 년 전 강원도 W시에 백여 평 땅을 사서 텃밭 달린 집을 짓더니 일을 접고 이사했다. 우연히 지인을 따라 봄나물을 사러 갔다가 마을을 분홍빛으로 물들인 복사꽃에 반해 집 지을 땅을 물색했다고 들었다. 동네는 언덕으로 비스듬하게 심어진 복숭아밭이 많았다. 복숭아나무는 물이 잘 빠져야 하는 건지, 그곳의 지형 자체가 높아 그런지는 모르겠다. 사실 노란 생강꽃이며, 골짜기 맑은 물줄기와 함께 어우러져 환장하게 고운 개복숭아꽃, 가시를 감추며 붉게 피는 명자꽃, 주민들이 밭담처럼 심어놓은 튤립도 색색이 아름다워 나도 한번 가보고서 반해버린 동네다.

선희네 집은 투박한 목재를 얼기설기 엮어 뜀뛰기로도 넘을 높이로 만든 문이 편안했다. 역에 도착해서야 전화하고 불쑥 들어선 나를 묻지도 않고 맞이한 선희처럼.

뜻밖에 친구 중에서 제일 먼저 결혼한 선희는 서울 외곽도시 Y시에 셋방을 얻어 신혼을 시작했다. 선희 남편이 된 진구 씨는 학력을 감추고 공장 노동자가 되어 활동한, 소위 위장취업자였다. 아버지를 호송차 밖에 세웠던 선희가 남편을 태우고 법정으로 들어가는 호송차 밖에 서 있었다. 진구 씨가 징역을 사는 동안 선희는 미용 일을 배운 후 방이 딸린 십여 평짜리 미용실을 열어 가계를 꾸렸다.

그즈음 나는 프리마와 설탕이 섞인 일회용 커피를 사발로 타서 비스킷을 찍어 먹으며 천지사방을 뛰어다녔다. 피를 주단으로 밟고 들어선 정권은 민주인사들을 구속하고 노동운동의 싹을 도려냈다. 나도 도려낸 싹 하나가 되었다. 동료들이 죽음을 불사하고 저항했지만, 공장 문은 다시 열리지 않았다. 국가가 공단에 뿌린 블랙리스트를 인사과 서랍에 비치한 모든 공장에서 빗장을 걸었다. 생존을 위해 사촌이나 고향 친구의 신분증을 들고 도시 외곽의 작은 공장을 찾아다녔다. 죽으라면 죽는시늉으로 일하다가도 울분을 참지 못해 고개를 쳐드는 순간 공장주는 신원조회를 했고 그럴 때마다 해고되었다. 막다른 골목에서 굴을 파고 들어가듯 동료들이 하나둘 결혼을 했다. 명절이면 고향 집까지 찾아와 살피는 경찰에 분노해 가족들 앞에서 악을 써야 했다. 빨갱이 며느리 들어왔다며 온 동네 망신을 당하고 이혼했다는 동료 소식조차 먼 훗날에야 알았다. 그런 날들에 갈증처럼 집밥이 그리울 때면 선희의 작은 집으로 갔다.

세월 저편 선희가 살던 집은 경기도 끝자락의 작은 역 주변이었다. 지금은 대단지 고층 아파트가 촘촘한 신도시가 되었지만, 그때는 몇 사람 타고 내리지 않는 간이역 철길 주변에 코스모스가 한들거렸다. 가을걷이 마친 논둑길을 타박타박 걸어가다 들판이 끝나는 곳, 파란 대문이 보이면 걸음이 빨라졌다. 내가 내민 프리지어 묶음을 낚아채듯 받아 든 진구 씨는 그 논둑길이 얼마나 위험한 줄 아느냐며, 어딜 거길 걸어서 오느냐고 나를 여동생 잡듯 다그쳤다. 알고 보니 후일 영화로도 상영된, 연쇄살인 사건으로 떠들썩했던 지역이었다. 나는 생긴 게 호신이라 괜찮다고 키득거렸지만, 소름이 싹 돋긴 했다. 소담하게 차려낸 두리반 상에 앉아, 잃어버린 정이 그리워지면 그때는 어찌하나요, 김수희의 「멍에」를 불렀다. 잃어버린 저—엉 하고 꺾어지는 지점에서 우리는 자지러지곤 했다.

선희는 기질대로 동네 사람들과 친밀하게 지냈다. 시답지 않게 누님, 형님 하며 선희네를 드나들던 이웃의 공인중개사 A가 곧잘 중개 실적 자랑을 했다. 그가 이빨이 자라난 사냥개처럼 두리번거리다 알맞은 먹잇감을 잡은 것임은 상상조차 하지 못했다.

"내기 집 시줄게."

"집을? 어떻게? 사줘 봐."

진구 씨가 농담처럼 받았지만 솔깃했다.

"대출받아."

선희 부부는 A가 시키는 대로 대출을 받아 시내 작은 평수의 주공아파트를 전세 끼고 샀다.

시골 동네에 살면서 시내에 아파트를 사니 신기하고 좋아 잠이 오지 않았다. 자는 아이들 볼을 쓰다듬으며 아파트에 들어갈 날을 꿈꾸었다.

거래가 성사된 후 A는 세를 준 아파트의 관리를 주문했다.

"거기 현관에 페인트칠 해줘야겠던데."

그래, 내 집이니까. 곱게 페인트칠을 해주었다.

"도배도 해야 해."

그래, 내 집이잖아.

"연탄보일러도 기름보일러로 바꿔야 해, 요즘은 다 바꿔요."

그래, 세입자가 연탄가스라도 마시면 큰일이지.

야금야금 끝이 없었다. 중개사가 임차인을 끝까지 챙기는구나, 어차피 들어갈 때까지 세를 놓으려면 잘 관리해야지. 하지만 새집이 아니라서 그런가, 참 끝이 없네. 선희는 생각했다.

어느 날 A가 누님, 형님, 부르며 또 찾아왔다.

"집이 손이 좀 많이 가긴 하죠? 시내에 잘 빠진 집이 하나 있는데 그거랑 교환하는 건 어때요? 애들도 크니까 훨씬 좋

아. 내가 만들어드릴게."

　괜찮아 보였지만, 대출을 꽉 채워 계산해도 버거웠다. 은행 이자도 세고 대출 조건도 까다롭던 시절이었다.

　"아무래도 돈이 부족해서 안 되겠어."

　"에고, 아까운 집인데…… 얼마가 부족한데?"

　A는 몹시 안타까운 표정으로 이마를 짚었다. A의 안타까움이 사무쳐 불쑥 말이 나갔다.

　"돈 있으면 빌려줘."

　"그럽시다. 내가 빌려줄게."

　도배하고 보일러 교체하며 애지중지한 주공아파트를 시내의 더 잘 빠졌다는 집으로 바꾸는 매매가 진행되었다. A는 알아서 다 해주겠다며 낯선 여자를 데리고 와 매매계약서를 썼다. 교환 절차가 끝난 후 그 여자가 동네에서 언뜻언뜻 눈에 띄었다. 알고 보니 A랑 친한 여자였다. 선희네 집을 산 사람은 그 여자를 앞세운 A였다. 서늘한 느낌이 스쳤지만, 세속적인 상상으로 눌렀다.

　매입 2년이 안 된 집은 양도세가 많이 나왔다. 양도세 얼마 안 되니 걱정하지 말라 장담하던 A는 말짱한 표정으로 내가 언제 그런 말을 했느냐고 딱 잡아뗐다. A가 처리를 도와주겠다며 소개해준 세무사는 굳이 일요일에 오라고 했다. 다른 직원이 없는 사무실에서 세무사는 앉으라는 소리도 없이 서성서성하며 아, 결혼식 가야 하는데, 결혼식 가야 하는데, 소리만 반복해댔다. 아하, 눈치가 왔다. 그자의 옆구리로 돈을 찔러 넣고서야 세무사는 일을 처리했다.

A가 교환해간 아파트가 재개발될 지역이라는 것은 뒤늦게 알았다. 번듯하게 재개발되었으니 큰 이득을 보았을 것이다. 교활한 설레발에 넘어가 새로 등기한 집은 빈 수레였다. 선희는 한숨을 쉬며 내뱉었다.

"세상사에 무식했어."

칠이 벗겨진 파란 대문 집에서 선희는 한참을 더 살아야 했다.

그 일을 겪은 후 선희는 부동산 공인중개사가 되었다. 선배 중개사 밑에서 체험을 쌓는 동안 상상하지 못했던 변칙들에 놀랐다고 했다. 몇 년 후 작은 가게를 세 얻어 부동산 간판을 달았다는 전화를 받고 방문했을 때 선희는 고객과 상담하고 있었다. 학원에서 수학을 가르치다 유명 강사는 되지 못하고 선희의 부동산 직원이 된 진구 씨는 커피를 타다 말고 화들짝 웃었다. 선희는 고객센터 상담사처럼 직장 초년생 정도로 보이는 젊은 여성에게 임대 후 주의할 점을 알려주고 있었다.

전세 만기에 연장하지 않고 이사하려면 2개월 전까지는 임대인에게 말해야 한다, 그렇지 않으면 자동 연장이 돼버리는데 간혹 이걸 악용하는 임대인이 있다. 임차인의 전화를 요리조리 피하고는 연락받은 적 없다고 발뺌하거나, 어떻게든 꼼수를 써서 시한을 딱 넘긴 후에 임차인에게 방을 빼라고 한다. 이런 경우 도리 없이 임차인이 중개수수료 양쪽을 다 부담해야 한다. 전화를 받지 않으면 반드시 문자로 내용을 남겨놓거나 되도록 내용증명을 보내라……

180 의석을 확보한 여당이 서울, 부산 지자체장을 비롯한 보궐선거에서 참패한 큰 이유가 부동산 정책에 대한 불만이었을 거라는 이야기로 시작되어 중개사 시절까지 회상한 선희는 물처럼 꿀꺽꿀꺽 차를 마시더니 캐모마일 티백이 담긴 잔에 뜨거운 물을 부었다. 요즘은 수면에 영향을 받아 커피를 마시지 않는다고 했다.

"지금은 편안해 보여서 좋다, 너 일 많이 했어."

나는 '일'이라는 단어에 힘을 주었다.

"많이 했지, 한 번도 쉰 적이 없잖아. 특히 부동산 중개사 일은 스트레스가 너무 많았어. 내 손에서 해결할 수 있는 것은 손해를 봐도 괜찮아. 근데 내가 해서 풀 수 없는 상황, 법적인 문제가 걸려서 복잡해진다거나 이런 게 힘들었어."

선희는 임대인 약점을 잡아 이용하는 기막힌 임차인도 겪었다고 했다. 집 하나로 어떻게든 월세 좀 받아보려고 방 하나를 둘로 쪼개 세를 내놓은 임대인이 있었다. 중개인으로서도 난처하긴 하지만 악하기보다는 딱한 고객이었다. 그가 하필 영악한 임차인을 만났다. 건물 등기 떼보고 권리관계 다

파악한 후 입주해 임대인의 약점을 쥐고 옥죄는 것이었다. 세입자가 아니라 독사를 들인 꼴이 된 임대인은 골머리를 앓고 중개인인 선희도 애를 먹었다.

"나는 떵떵거리는 건물주도 봤지만, 사정이 딱한 임대인도 많이 봤어. 그러나 임차인도 우리가 생각하는 임차인만 있는 게 아니란다. 하얗게 보면 안 돼. 나는 선의를 가지고 한다고 하는데 처음에 봐서 알지를 못해. 어떻게 알겠어? 한번은 젊은 아가씨 둘이 왔어. 신축 중인 집이 있었는데 그 집에 꼭 들어가고 싶다며 다른 사람 주면 안 된다고 백만 원을 걸겠대. 한 달 있으면 완성될 집이야. 예상외로 공사를 한 달 안에 못 마쳤어. 이 아가씨들이 난리를 치는 거야. 주인은 사실 다 지은 후까지 계약 안 하고 싶어 했는데 아가씨들이 꼭 하고 싶다고 보증금 안기며 떼쓰다시피 한 거였는데 시간 차이가 생겨버린 경우잖아. 결국 위약금 내가 물어줬어. 고스란히 당했지."

대개는 주거를 해결해야 하는 임차인이 위축되기 마련인데 특이하게 어깨 힘이 팍 들어간 임차인들도 있었다. S반도체 사람들을 상대할 때가 그랬다. 그들은 '지역 경제에 일조'하는 선두기업 S맨들이었다. 그 안에서 계급이 명확했다. 연구직 박사 그룹, 사무직, 현장 정규직, 비정규직, 협력업체, 다 달랐다. S사의 급 있는 직원은 셋방을 구하더라도 고급 구매자로 대우받기를 원했다. 중개사를 심부름꾼 대하듯 하는 이도 있었다. 못난 사람일수록 주머니 좀 차면 힘줄을 세우는 법이었다. 2년쯤 근무하면 회사가 주택 구입 대출을 해주는데 그것도 급에 따라 다르긴 해도 웬만하면 S사가 있는 D시의 아파트를 어렵지 않게 살 수 있었다. 이러니 건축업자들이나 상가들은 다투어 현수막을 걸었다. 'S사가 있어야 산다, 구속된 L대표를 석방하라.' D시에서 좋은 터 잡고 사는 많은 이들이 뇌물수수 등의 혐의로 S사 대표가 구속된 것을 인정하지 않았다. 기업 잘 경영하는 사람을 구속해서 나라 경제를 망치고 있다거나 북한에 다 퍼준다며 대통령을 욕했다. 선희는 가끔 S사 사람들이 드러내는 자부심이 무엇에 근거하는지 궁금했다. 임금은 상대적으로 높지만, 표정은 굳어 보인 탓이다. 몸에 해로운 화학물질을 취급하다 큰 고통을 겪는 현장 노동자들 문제가 거듭 이슈화되기도 했다. 얼굴이 허옇게 되어 퇴근하는 노동자들을 보면 사는 게 뭔가 싶었다. 노동은 많은 이들의 꿈이자 좌절이기도 했다. 선희는 한 청년을 떠올렸다.

청년이 선희네 부동산에 방을 구하러 왔다. 체구가 작아도 단단해 보였는데 동그스름한 얼굴이 얼핏 가수 허각을 연상케 했다. S사에 취직이 되어 지방에서 오게 되었다고 했다. 마침 적당한 방이 있어 집주인에게 연락해 임대를 결정하고 가계약금을 받아 주인 계좌에 입금했다. 약속한 날 청년이 짐을 챙겨 올라왔다. 선희네 부동산 둥근 탁자 위에 계약서를 놓고 삼자가 둘러앉았다.

"S사 직원이라면서요? 어느 부서에서 일하나요?"

귀밑머리가 희끗희끗하지만, 얼굴은 팽팽한 임대인 여자가 덕담이라도 한마디 해주려는지 청년에게 물었다.

정직원은 아니고 S사 안의 협력업체에서 일하게 되었다고 청년이 답했다. 청년의 말이 끝을 맺기도 전에 임대인이 펄쩍 일어서며 선희를 노려보았다.

"왜, 거짓말했어요! S사 직원이라며?"

선희는 어안이 벙벙해서 입이 붙어버릴 뻔했다.

"S사 내에서 일하는 것 맞아요. 그리고 그게 뭐가 문제인지?"

"S사 직원이랑 협력업체가 같아요? 왜 거짓말을 해요. 이 계약, 부동산 과실로 파기할 거니 당신이 책임져요."

청년은 더 놀랐을 것이다.

경상도의 소도시에서 짐가방을 메고 온 청년은 얼굴이 벌겋게 된 채 굳어버렸다. 방을 구하러 왔을 때 잠시 나눈 대화를 통해 단단함이 느껴진 청년이었다.

"그렇게 하세요, 파기하죠. 제가 다 책임질게요."

선희는 부들부들 떨리는 손으로 임대인 여자의 계좌에 위약금을 입금했다. 선희를 사기꾼 잡듯 하고 그가 나간 후 장승처럼 서 있는 청년을 보는데 눈물이 쏟아졌다. 그때 선희는 노동에도 급수를 매겨 힘든 노동을 더 차별하는 현실 앞에서, 청년 시절의 고통이 한달음에 밀려왔다. 부끄러운 사회를 대물리는 미안함에 후배 노동자의 눈을 바라볼 수조차 없었다.

"저 괜찮아요, 괜찮아요."

오히려 청년이 선희를 위로했다.

신통하게도 이날 오후에 알맞은 방이 하나 나왔다. 큰 배낭에 묶여 있던 청년의 짐이 비로소 숨을 열었다. 선희는 집에 한 대 더 가지고 있던 청소기를 선물로 들고 가서 청소를 거들어주었다. S사 협력업체에서 일을 시작한 청년은 가끔 오가며 선희네 부동산에 들러 차를 마시고 갔다.

선희네 동네 서쪽 산으로 해가 뉘엿해졌다. 어린아이들이 잘 놀다가도 어두워지면 엄마를 찾는 것처럼 어미 또한 집 밖에 있는 자식이 아른거리는 시간이다.

이틀 전, 아들이 지리산에 다녀오겠다고 했다. 마음을 꺼내놓을 줄 모르는 사람은 가끔 어딘가로 떠나 숨을 쉰다.

벼랑 끝에 몰린 노동자들이 아슬아슬한 허공을 잡고 철탑을 오르는 이유는 떨어지지 않기 위해서다. 난간을 부여잡을 힘이라도 있을 때는 그래도 살 수 있다. 대규모 해고 위협 앞에 선 노동자들이 두레박에 밥을 담아 밧줄에 매달아 올려주고 위에서는 용변을 담은 봉지를 내리며 투쟁하는 공장 철탑 옆에서 아득히 손을 흔든 겨울이 있었다. 절벽에 선 마음을 붙잡는 힘은 아래에서 보내주는 눈빛일 것이다.

그때처럼, 눈앞에 없는 아들을 향해 손을 흔든다.

"닭 꺼내주소."

봄에는 할 일이 많다며 내내 밭에 있던 진구 씨가 장화 뒤축을 툭툭 털며 큰 소리로 말했다.

"어, 얼른 삶아야겠네."

선희가 부엌으로 달려가 냉장고에서 닭을 꺼내 뒤적거렸다. 따라 들어간 진구 씨가 황귀며 엄나무 뿌리들을 챙기며 눈을 찡긋했다.

"맛있게 고아줄 테니 계속들 하셔"

"언제 또 닭을 사 왔대? 어디서 삶아?"

나도 일어나서 말갛게 엎어져 있는 닭을 들여다보았다.

"밖에 가마솥이 있어. 백숙해서 한잔하자고."

"와 맛있겠네, 기대합니다."

나는 엄지손가락을 세워 보였다.

동네에서 사 왔다는 토종닭은 노르스름하니 고소했다. 요 며칠 잃었던 밥맛이 좀 살아나는 것 같다. 불린 찹쌀을 넣어 끓인 죽도 소화가 잘될 것 같다. 연한 씀바귀 잎을 양념에 살짝 무쳐낸 겉절이와 장독에 박아 된장 옷을 입은 고추도 토기 접시에 담겨 있었다. 매실주가 담긴 유리 항아리에는 앙증맞은 표주박이 동동 떠 있다.

맛난 음식을 앞에 두고 생각이 잠시 흔들린다. 아들은 여분의 마스크와 우의를 챙겨 갔을까. 산이 미끄러울 텐데 별일은 없겠지. 가라앉으려는 심사에 매실주를 한잔 부어 끌어올린다.

진구 씨가 닭다리 하나를 뜯어, 내 접시에 담아주더니 다 듣고 있었다는 듯이 대화를 이어붙였다.

"부동산 하면서 별별 인간 다 봤어. 어떤 경우는 갖은 애를 써서 임대 계약을 잘 처리해주었는데 영수증 다 주고받은 후 미적거려. 마무리되었으니 나한테 수수료를 줘야 할 거 아냐. 그런데 능청스럽게 사장님, 수수료 얼마 드리면 되죠? 뻔한 걸 묻고자빠져. 아니 왜요? 법정 수수료 나와 있는데, 하니 에이 사장님 깎아준다고 했잖아요, 이래."

"깎아준다고 했어?"

"허허, 그래서 계약했다는 거야. 환장해버려. 그뿐이 아냐, 부동산을 하는 사람 중에 건물주가 있었어. 건물주가 부동산 업자면 자기 건물을 거래하지 못하게 되어 있으니 우리 부동산에 임대인 입장으로 온 거야. 이 작자가 누구한테 줄 돈은 0.0001퍼센트까지 따지는 사람이야. 자, 이제 거래가 끝났어. 나한테 수수료를 줘야 할 거 아냐. 서류 도장 다 찍고 나자 대뜸 깎아줘, 이래. 자기 몫은 더 받으려고 발버둥을 치는 사람이면서 줘야 할 데는 확 깎으려 들어. 같이 부동산 하지 않냐 이러면서. 밥값 한 번 안 내는 사람이 갑자기 형제라도 되는 듯이 굴어."

그의 표정에 담긴 진저리가 고스란히 전해져 왔다. 워낙 성정이 칼 같은 사람인데 그런 꼴을 보느라 힘들었겠다 싶어 나는 실없이 웃고 만다.

"그자의 집에 세든 세입자 월세가 보증금 천에 오십이만 원이거든, 이만 원 죽어도 안 깎아줘. 관리비 오천 원은 따로 받고. 심지어 세입자한테 어이, 그 집에 사람 많이 드나들던데 두당 오천 원씩 내, 이러는 사람이야. 우리처럼 푼돈 대충 생각하는 사람들은 부자가 못 돼. 있는 사람들끼리 식당 가면 밥값 누가 내느냐? 결국 식당 주인이 낸다고 하잖아. 돈 많은 사람은 이익이 없는 것에 절대 지갑 안 열어. 그 사람이 일 원도 악착같이 깎아서 BMW 타고 주일에 꼬박꼬박 교회 다녀."

진폭이 커진 진구 씨 말을 선희가 얼른 다듬었다.

"그래서 그런 차를 타는 거지."

와르르 셋이 합한 웃음이 공중에서 돌다 흩어졌다.

선희는 발그레해진 얼굴로 회상에 잠겼다.

"초기에는 아파트 중개해줘서 돈 번 사람도 있고 그거 키워서 장가간 친구들도 있고 그래. 정작 나는 하고 싶어도 돈이 부족해서 못했지. 어떤 건축업자가 땅 그냥 빌려줄 테니까 건물 지어서 임대하라는 거야. 솔깃했는데 저이가 안 된다고, 그거 내 게 아니라고. 다 전세 끼고 하는 거거든. 주택담보 대출은 받을 수 있지만, 온전히 내 건물이 아니면 전세 시장이 갑자기 또 어떻게 될지 모르잖아. 최소한 내 돈이 오십 프로 이상은 있어야지 이삼십 프로 가지고 덤볐다가 집에 깔리는 사람들도 많아. 집이란 게 너무 욕심을 내면 안 돼."

토종닭 한 마리는 워낙 컸다. 식탁으로 오르내리던 손이 멈추자 진구 씨가 큰 쟁반을 들고 와 술과 백김치, 오이만 남긴 채 주섬주섬 빈 그릇을 담아 나갔다.

"남편, 고마워."

선희가 미안한 흉내를 내자 진구 씨가 씩 웃으며 말했다.

"새삼스럽게 뭘 그라요? 안주 더 필요하면 말하고."

탁자에 올려둔 내 전화기에 찌르르 진동이 왔다. 지역에 코로나 환자가 여섯 명 더 추가되었다는 방역 당국의 안내 문자였다. 아들은 어제 아침, 남원에서 뱀사골을 오르는 중이라고 했는데 어느 대피소에서 쉬고 있을까? 충전기는 챙겨 간 걸까, 배낭을 멘 아들 얼굴이 확대된다.

공백 사이로 스며드는 바람이 시려 빠르게 선희의 회상을 보챘다.

"그래서 예전에 너희 집 바꿔치기한 그 사기꾼은 지금 잘 살아?"

"잘살지. 영주야, 중요한 건 말이야, 그런 사람들은 다 잘 살아. 다 그런 식으로 집을 몇 바퀴 돌리는 거야. 갭 투자한다고 하잖아. 작년이나 재작년처럼 집값이 천정부지로 올랐을 때 우리 부동산 있던 동네도 쑥 올라갔어. 근데 요즘에는 그걸 못 하게 하니까 이제 법인으로 사. 법인은 대출도 더 많이 나와. 이게 요령 피울 방법이…… 정책을 이렇게 하면 요렇게 피해 가고 저렇게 하면 조렇게 피해 가고. 정책이 아무리 바뀌어도 가진 사람들은 그걸 이용하고 악용해. 절대 흔들림이 없어."

"부동산 정책이 아무 의미가 없다? 그럼 어쩌라고?"

"현장에서 보니 부동산 문제가 참으로 쉽지 않은 건데, 어정쩡하게 하면 서민들만 더 힘들어진다는 말이지. 전세 기한 2년 연장을 법으로 만드니까 임대인은 2년간 재산권 행사를 못해? 미리 더 올려버리잖아. 돈 앞에는 진보 보수가 없어."

"하기야 개인의 욕망은 이념적 가치를 무색하게 하지."

나는 개 하품하는 소리를 뱉어냈다.

"사람이 집 한 채라도 가지게 되면 확 바뀌기도 하더라. 어디에 어떤 집을 가지게 되었느냐, 한 채냐 두 채냐에 따라서도 달라지더라. 이념이고 철학이고 다 집어던져. 집값 올랐다고 비판하면서 내 집은 비싸게 올리려고 담합하잖아. 싸게 내놓는 집과 그걸 올린 부동산은 블랙리스트에 올려서 따돌려 버려. 상상 초월이야. 엄밀하게는 집을 판 사람들이 돈 번 거지, 사는 사람들이 번 게 아니잖아. 입장 달라지는 순간 내가 산 집도 올라야 하니 그때부터는 부동산 규제한다고 난리 치는 거지."

"휴, 아득하군."

내 앞가림도 못하는 나는 한숨을 쉬었다.

"내가 느낀 건 어떤 정책에도 자본이 있는 사람들은 아무 문제가 없다는 거야. 당장 세금 조금 더 내는 거? 사실 세금은 따지고 보면 아무것도 아냐. 아파트로 사오억을 벌었다 쳐. 나 같으면 사오억 벌었으면 세금 절반 내라고 해도 좋겠는데요, 벌었으니까 당연히 내야죠. 웃으면서 말하겠는데 세금 갖고 아주 거품을 물어. 아파트 오억에서 십억 됐으면 구억까지는 비과세고 나머지를, 그것도 나눠서 세금 내는데 내야지. 평생 노동을 해보라고, 어디서 일억을 버냐고! 근데 사람들은 그렇게 번 돈을 다 자기 돈으로 생각하는 거야. 그러니까 정부가 도둑놈이라느니 북한에 다 퍼줬다느니 아주 시리즈로 나와."

선희는 숨을 돌리려는지 백김치 국물을 한 숟가락 떠 넣었다. 꺼내놓고 보니 하고픈 말이 많아 보였다. LH 직원들이 내부 정보를 이용해 개발될 택지에 땅을 샀다는 의혹으로 세상이 발끈한 상황이었다. 보궐선거가 부동산 이슈와 맞물리면서 뜨거운 감자가 되지 않았는가.

"자꾸 임대주택에 초점을 맞추는 정책도 공허한 지점이 있어. 최소한 내가 깔고 앉아 있는 집은 하나 있어야 노후랄지, 애들이 결혼한다든지 할 때 목돈을 마련할 수 있는 희망이 되잖아. 없는 사람이 집 사는 게 너무 힘들어지니까 임대아파트 공급 정책을 내놓을 수밖에 없긴 하지. 그러나 평생 임대로만 사는 건 사람들이 원치 않아. 돈 가치는 점점 떨어지고 집값은 올라가니 불안하거든."

"그건 세를 수없이 살아본 나도 절대 공감이야. 임대? 그

건 우리 사회에서는 부평초 같아. 옛날 촌에 살 때는 장마 오면 무너질 것 같은 집도 내 집이었잖아. 낡은 사립문과 구더기 나오는 변소라도 내 집이었어. 쫓겨날 일은 없는 거지. 할머니한테 회초리로 맞으며 문밖에 서 있기야 했지만, 근원적인 외로움은 아냐. 근데 남의집살이는 늘 밖에 서 있는 느낌이야. 애착을 가질 수가 없어. 삶에도, 집에도. 철저히 자본 위주인 사회에서 집은 임대로 살라? 뜬구름이야."

"코로나 때문에 부동산 시장이든 뭐든 삶이 많이 달라지고 있잖아. 힘든 무주택자가 많지만, 한편으로는 월세를 못 받아 힘든 그룹이 또 있고. 정말 돈 많은 사람들은 IMF에 돈을 주웠듯이 또 그렇게 기회를 잡아. 임대 못 줘서 경매로 넘어가는 매물들이 나오거든. 경매 직전까지 숨이 턱에 찬 사람들이 보이면 약을 쳐서 싸게 사들이는 거야. 돈 많은 사람들한테는 부를 축적할 수 있는 또 하나의 기회가 된다니까."

'기회'라는 단어는 꿈꿀 수도 없는 '노동'들은 어떡하나. 흙수저들에게 그런 건 없다고, 성실함만 강조한 나는 아들에게 또 미안해진다. '성실'은 얼마나 공허한 단어인지……

선희는 내 속을 들여다본 것처럼 빈 잔에 매실주를 부어주었다.

"주거 환경이 사실 살얼음판 같아. 한때 영끌한 젊은 친구들이 반짝 돈을 벌긴 했어. 이자가 엄청 싸니까 내 돈 일억 가지고 삼사억을. 그렇게 못한 애들은 박탈감에 빠지고. 뒤늦게 나도 뭔가 좀 해봐야지 하면 그때는 이미 끝나버린 거야. 결국 부동산은 돈이 좀 있어야 하니 이제 동학 개미들이 생겼잖아. 오백이나 천을 대출해서 주식을 하고는 그걸 또 잃어버려서 자살하는 애들이 나와. 하지만 영끌로 집 하나 장만한 사람도 낮은 금리일 때 얘기지 내년쯤에는, 아니 몇 달 후에는 또 어떻게 달라질지 몰라. 빚으로 만든 건 모래성 같아서 파도가 오면 무너지거든. 투자든 뭐든 정보와 자본의 뒷배가 튼튼해야……"

잠시 말을 끊은 선희가 한숨 쉬며 말했다.

"줄 게 없는 부모가 부끄러운 세상이 된 거야. 친일파든 살인자든 재산 많이 물려주는 부모가 최고인 세상이 되어버렸잖아."

나는 가슴이 철렁해지면서 말을 더듬는다.

"우리 젊은 날은 그래도 가치를 위해 살았는데……"

"가난이 세대의 문제는 아니잖아, 하지만 상대적 박탈감이 더 심한 세상이 된 것 같아. 청년들이 자기중심을 잘 잡아야 하는데 걱정이야. 영혼마저 끌어모은다는 영끌이니, 비트코인 같은 것에 욕망하고 좌절하면 더 초조하고 황폐해질 수 있는데."

"도저히 서울에서 못 견디겠다 싶은 친구들이 시골로 눈을 돌리기도 하더만. 젊은 친구들이 감각 있고 인터넷 잘하니까 특용작물 같은 거 심어 유통하면서 사는 모델도 보이던데 이쪽엔 그런 친구들 없어?"

"시골도 연고가 있어야 해."

설거지를 마치고 온 진구 씨가 손에 남은 물기를 옷에 쓱 닦고 앉으며 말했다.

"누군가 있어야지 생판 모르는 데 가면 어려워. 물론 작정한다면 유치하려는 곳들도 있긴 해. 그러나 농촌에서 카페니 동네 서점이니 창업하는 경우는 쉽지 않아. 사람이 없는데……"

남편의 잔에 술을 부어주며 선희가 고개를 끄덕였다.

"동네 책방도 장사보다는 조그맣게 소통의 장으로 활용하는 정도로 해야 해. 기본 여유는 있어야 하고. 월세를 걱정하면서 우아하게 살 수는 없어. 책 구경하세요, 예쁜 거 얘기하고 자연 얘기하고, 그러는 건 한계가 있는 거지."

"그렇지, 내가 여유가 있어야 예쁘게 웃지, 고기라도 좀 구워 먹을 수 있어야……"

허황한 상상을 들킨 것 같아 왜소해진 나는 조그맣게 중얼거렸다.

"사실 의료 환경만 잘 갖추어지고 노인 인력을 적절히 활용할 수 있다면 나이 든 사람들이 촌에서 어울려 사는 건 좋지. 나도 일하면서 위궤양으로 고생했는데 다 정리하고 오니 편해. 이 집 하나는 진즉 잘 마련해두었지."

도시의 건축물들 사이를 돌아 돌아 온 작은 시골집에서 선희는 그 어느 때보다 편안해 보였다.

"잘했어. 맘 편하게 사는 게 가장 잘 사는 거라더라."

두 손바닥을 합장하듯 모으는 나를 가만히 바라본 선희가 매듭을 짓듯이 말했다.

"영주야, 부동산 일하면서 사람에 회의했지만 그래도 나는 사람의 선함을 믿어."

"선함을? 여전히?"

과하게 놀라는 표정을 지으며 내가 되물었다.

"응, 나는 그래."

선희의 믿음은 타인이 아닌 선희 자신에게서 비롯되는 것임을 나는 알고 있다. 자신을 믿기 어려워질 때 사람의 근원을 불신하게 되는 것이다. 잠 설치고 일어난 아침, 불현듯 선희네로 달려온 것은 어떤 경우에도 놓지 않아야 할 신념 하나를 확인하고 싶었던 건지도 모르겠다.

나는 굳이 내 넋두리를 꺼낼 필요가 없어졌다. 때맞춘 듯 전화기가 진동했다. 아들의 문자였다.

—엄마, 묵은지 삼겹살말이찜? 그거 먹고 싶어요. 내일 저녁에 갈게요.

—오너라. 맛있게 해주마.

식구들이 좋아하는 음식이라 묵혀두는 김장김치는 딤채에서 잘 익고 있다. 한 포기 꺼내 대강을 잘라내고 줄기 채로 죽죽 찢어 한입 크기의 돼지고기를 돌돌 말아 들기름 두른 팬에 노릇하게 구우면 된다.

　그래, 그거면 되지.

　아들은 뱀사골 계곡물에 세수하고, 세석평전을 걷고 천왕봉에 올라 큰 숨 한번 뱉어냈으리라.

　나는 불현듯 별이 보고 싶었다. 현관문을 밀고 나오니 아홉 시도 되지 않았는데 시골의 밤은 자정만큼 깊었다. 날 밝으면 깨고 어두우면 잠드는 곳, 집은 그래야 맞는다는 동화 같은 생각을 하며 머리를 올려 하늘을 보았다. 도시가 아니어서 눈 맑은 별이 총총했다.

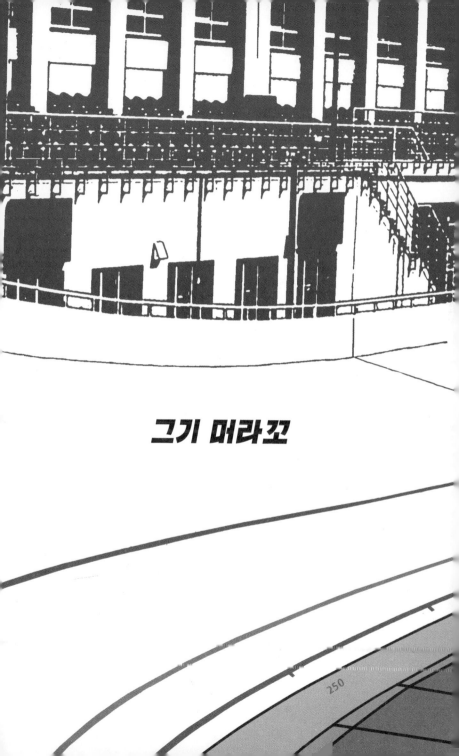

그기 머라꼬

내 살아온 이야기 그기 머라꼬 그걸 말해돌라 카노? 그런 것도 숙제라꼬? 니가 나이 들어 대학교 댕기니 참 벨것을 다 한다야. 무슨 그런 기 공부가 되노. 그 쪼맨한 기 녹음기라 꼬? 내 말이 그 다 들어간다 카이 참 희한하네.

내 나고 크고 한 동네야 니도 외갓집 몇 번 가봐서 알제? 요새야 도로도 뚫리고 차도 팡팡 댕기더만 내 클 때는 리어카가 젤로 큰 차였다. 위로 언니 하나 나고 내가 둘째 딸로 났다. 너그는 우리 언니를 보도 듣도 못했제? 일본놈들이 처녀 잡아간다 캐서 열다섯도 안 돼서 울 아부지가 얼른 시집보냈는데 아 하나 낳고 죽어뿟다. 무슨 뱅이라 캤는데 내사 모르겠다. 그 아가 그러니까 너그하고는 외사촌인데 지금은 우째 사는지 소식도 끊깄다. 늘 한번 봤으마 싶구먼. 울 엄마도 내 아래로 동생 셋을 쪼르륵 낳아놓고 내가 열네 살 때 죽었다. 먼 병이 나서 그랬을꼬, 울 언니캉 모녀가 앞서거니 뒤서거니 죽고 나서 너그 외삼춘들 내가 업어서 키았재. 막내이가 젖도 못 띠고 울어대니 외할부지가 서둘러 새사람을 들있다. 새 어무이 와서 또 아를 넷을 낳았제. 죽은 언니를 빼고도 형제가 여덟이 된 기다. 대여섯은 내 등때기에서 컸다.

외갓집 옆에 연못을 니가 기억하네. 그래 거서 많이 놀았제. 동네 조무래기들이 몇 번 빠지서 난리 나기도 했다. 동짓달에는 얼음이 꽝꽝 얼어서 가마솥 뚜껑보다 딴딴했제. 울 아부지가 자상해서 얼음송곳 만들어주고 연도 잘 만들어주고 했는데. 동생들 뒤에 한 줄로 달고 미끄러 댕기고 놀다가 한 놈이 튕겨 나가고 싸우고 그래도 형제가 많아서 위세가 있었다. 촌에는 그런 기 힘이다.

너그 아부지는 우째 만났냐꼬? 옛날에사 얼굴도 못 보고 혼인했다 아이가. 우리 동네에 너그 할매캉 육촌뻘 되는 아지매가 있었다. 그 아지매가 우째우째 너그 아부지캉 다리를 놨제. 양반 가문이라 카민서. 사람은 든 것도 있고 괜않더라. 너무 없이 사는 기 흠이지. 독을 훑어 세끼 밥 짓는 것도 무서분데 일 년 열두 달 제사 안 든 달이 없더라. 명절까지 합치면 매달 제사 차리야 됐제. 육십 년 넘도록 우째 그 제사를 다 지내고 살았는지 참 장타. 그래도 종가라꼬 당숙, 종숙 아지매들이 기름도 한 병씩 짜오고 묵 함지도 이고 오고 해서 위태위태하지만 조상 굶기진 않았지. 땅이라꼬는 손바닥 남짓한 논뙈기 하나 언덕배기 밭 두어 개가 전부더라. 사는 기 모질지. 양반 가문? 아이구 밥 빌어 묵을 양반, 그기 다 무슨 소용일꼬, 내 생전에 처음 이 말이 나와뿟다 우짜꼬! 한 분도 그런 생각은 안 하고 살았는데 니한테 말하다본께 이런 말이 다 튀어나와뿌는기 얄궂네. 비료도 없던 때라 소출도 행핀없었다. 콩잎 죽, 고구마 죽, 염소가 먹는 풀잎은 다 묵었다. 산판에 장작 캐는 일거리가 있다꼬 식구대로 가기도 했다. 산판에서 남자들이 장작을 캐면 여자들은 가지런히 묶어 단을 만들었다. 장작 캘 동안은 방 하나에 며느리 시아버지 가릴 것도 없이 먹고 자고, 된 뜬 물은 남자 일꾼 주고 멀건 뜨물은 여자들이 먹었다. 산도 벌겋던 때라 땔감이 귀했는데 그 일도 한 철이었다.

와? 이야기가 새뿐나? 너그 아부지캉 혼인할 때 우쨌느냐꼬? 벨로 기억나는 것도 없다. 혼인에 따라온 동네 하님이 사랑채 하나 없이 콧구멍만 한 방 두 개 있는 집을 보고 집구석이 오 전짜리 동전만 하다꼬 속닥거렸제. 혼인 첫해는 설을 쇠고 사돈 쪽 손님을 청하는 풍습이 있었는데 뒤늦게 형편을 짐작한 울 아부지가 큰 아부지 한 분만 동행하여 단출하게 오셨더라, 너그 할매가 내한테는 모질게 했어도 염치는 바른 사람이었다. 없는 돈에 사돈 대접할라꼬 소괴기 한 근 꽁꽁 싸서 소금 단지에 묻어놨더라. 원래는 잡채도 하고 조기 한 마리라도 올리고 잘 차리야 하는데 소괴깃국 한 냄비 끓이고 나물 몇 접시 무친 게 다다. 너그 할부지하고 외할부지가 상을 같이 받아 반주를 한잔하는데 나는 들어가지도 못하고 문밖에 서 있었다. 친정 아부지 왔다꼬 옆에 못 붙어 있는 기 메누리다. 그날 누추한 대접보다 더 내 맘에 맺힌 기 있다. 점심 한 그릇 잡숫고 아부지가 가시는데 내가 신작로까지 배웅한다고 따라 나가서는 고마 울민서 아부지, 이 집구석에는 장도 없더라꼬 말해뿟다. 지금 같으마 안 칼 낀데 내가 그때 열여덟이나 되고도 철이 없어서…… 우리 아부지가 돌아가서 사흘을 밥을 안 잡숫고 앓았다 카더라. 다음 장날 아부지가 동네 사람을 통해 메주 석 장을 보내싰더라. 아이구, 참 울 아부지가 얼매나 속을 앓았을꼬. 그렇지, 그때는 장에서 이쪽저쪽 동네 사람들 만났다. 안부도 듣고 전할 것도 주고받았제. 거기가 우체국인 셈이지.

외갓집도 가난하지 않았냐꼬? 그래도 우리 친정은 그카도록 못 묵고 살지는 안 했다. 가을 되면 제법 번듯한 뒤주도 세우고 콩도 많이 걷었제. 온 산에 밤도 지천이었다 아이가, 너그도 외갓집 가면 밤 많이 무웃다 안 캤나?

할매? 그때 할매는 젊었재. 내가 시집가보니 삼촌이 아직

젖 물고 있더라. 너그 고모는 내 들어오고 이듬해인가 낳았
제. 할부지가 너그 아부지 하나 낳아놓고 돈 번다꼬 일본 가
서 이십 년이나 있다가 왔다 카더라. 삼촌하고 고모는 할부
지 돌아와서 낳았으니 너그 아부지하고는 나이 차가 자식뻘
이지. 내가 너그 고모 기저귀 갈아주고 삼촌 콧물 닦아주다
가니 언니 낳았다. 시누이 시동생을 내 새끼들과 같이 키운 셈
이다. 나중엔 고모가 너그들 업어주기도 했다.

먹고살기도 고달픈데 시상이 막 뒤집어지더라. 전쟁 났다
고 뒤숭숭했제. 인민군이 낙동강까지 내리왔다 카고 밀양으
로 통하는 길목에서 총 쏘고 난리다 카고.
보리하고 콩을 볶아 미숫가루 만들어 피난 갈 준비를 했재.
가봐야 어데로 갈꼬 싶었지만 땅이라도 파고 들앉아야 할지
도 모른께.
피난은 안 갔는데 미군들이 걸어서 줄지어 동네를 지나가
더라. 미군들이 아이들한테 주전부리를 준다기에 기웃거리다
가 삼촌이 얻어 온 거 한 쪼가리 묵어본께 달달한 기 맛있더
라. 젊은 색시가 미군들한테 과자 얻어먹을기라고 따라다닐
수는 없고 속없이 군침을 흘렸다.
창원 방향에서는 매일 쿵쾅거리는 대포 소리가 울렸다. 전
쟁이 터지면 밖에서만 난리가 오는 기 아이더라. 직접 대고
총질만 안 했지 형제와 친척들이 갈라지더라꼬.

저 도랑 건너 사는 고모할매 시동생이 산에 있다 카고 고모할매가 산에 뭐를 이고 나른다는 소문이 돌더라. 그 할매 오빠 되는 오촌 할배는 동네 일가 중에서 제일 똑똑은 사람인데 그도 빨개이 나갔다꼬 수군댔다. 산에 올라간 사람을 빨개이 나갔다 캤다. 우리 집에 자주 오는 오촌 할배 있제? 그 할배 형이다. 너그 아부지한테도 빨개이 나가자꼬 손을 뻗치왔다. 말도 마라 그때 너그 외갓집에서 혼인하는 날도 그 산골짜기 친정까지 누가 찾아왔다 카더라. 니 외할아부지가 딸 시집보내자마자 사우(사위) 빨개이 되는 기 아인가 벌벌 떨었다. 골짜기에서 떠걱떠걱 소리가 들리고 너그 아버지도 좌불안석이더라. 혼인 마당까지 찾아오는 정도였지만 다행히 너그 아부지는 그쪽에 합할 생각은 없는갑더라. 난중에 보니 그 빨개이 오촌할배가 사람이 좋아서 네 아부지가 잘 따랐던 사람인 기라. 우째 조상이 종손 살릴라꼬 그랬는지 그때만은 안 따른 기 가슴 쓸어내릴 일이제. 따라갔으마 나는 새색시 과부 됐고 너그도 세상에 없었을지 모르는기라. 그때 빨개이가 되고 안 되고 하는 기 그런 사연이었다 카이.

고모할매 시동생 되는 사람이 골수인갑더라. 동네 사람들을 그 사람이 많이 모아 갔다. 똥샘이도 갔다더라, 무슨 샘이도 갔다더라, 모가지 질질 끌고 갔다 캐쌓고 도랑에서 빨래방매이 뚜드리민서도 그 얘기고 샘에 물 이러 가도 그 얘기였다.

그 오촌 할배 형제가 많았는데 빨개이 할배 동생은 경찰이었다. 자리도 높았다 카더라. 차마 동생이 형을 잡으러 댕길 수는 없겠제. 다른 사람이 형을 잡았는데 동생이 우째우째 빼냈다 카더라. 그래 심들이서 빼놓았더니 다시 산에 올라갔다가 잡히뿟다.

밀양 공설운동장에 총소리가 요란했다. 한 구덩이에 모아놓고 다 총살해서 오실 어딘가에서 화장했다더라. 동네 사람 몇이 가서 내 식구 건지, 남의 식구 건지도 모르는 뼛가루 한 주먹씩 긁어 봉다리에 담아와 묘를 세웠다. 잡혀서 죽기 전에 동네를 지나서 공설운동장까지 갔을 낀데 동네 지나면서 쳐다보고 먼 소리들 안 했겠나 카민서 다 찔끔거렸제.

고모할매 집도 편치 못했다. 빨개이 오빠한테 협조한 집구석이라고 장정들이 몰리가서 살림살이 다 부수고 난리가 났다. 그 소리가 우리 집에 앉아서도 다 들리더라. 그나마 경찰 동생 덕에 그 정도로 넘어갔을 끼라고 하더라.

고모할매가 기골도 좋고 담도 큰 사람이었는데 많이 상해뿟다. 전쟁이라 카는 기 눈도 없고 인정도 없더라. 경찰 동생도 의령 어디서 인민군한테 총 맞고 죽어 시체로 왔다. 국군묘지에 묘를 써도 된다 카더만 그냥 동네 선산에 묻었다. 경찰 동생 하나에 누나 형 매부가 저쪽이었으니 한집안에 빨개이가 더 많았던 택이다. 칠월 초닷샛날 대여섯 집이 조용히 제사를 지냈다. 일가 아닌 동네 몇 집은 어디로 이사 가더라. 참 기막힌 한세월이 지나간 기라.

가난도 전쟁만큼 무섭고 시집살이도 무섭더라. 사람이 원래 남의 고뿔보다 내 손톱 밑 가시가 더 아프다 안 카나. 내 손톱 밑 가시가 뭐였겠노? 너그한테는 미안타만 딸을 하나 둘도 아이고 줄줄이 넷을 낳았으이 우쨌겠노? 그래서 딸 낳고 핏덩이를 이불도 안 덮어줬냐고? 너그 종할매한테 들었제? 그 할매가 항렬이 높아서 내한테는 아지매지만 나이는 동갑이다. 좀 호들갑스러버도 인정이 있다. 눈치 빠른 할마시가 걱정이 됐을 끼라. 와보고 놀래서 아이고 질부요, 아를 이래 놔두마 우짜능교 카민서 장롱 열고 이불 꺼내 덮어주더라. 항렬은 높아도 나이도 같고 종가 종부고 하니 나한테 말은 안 놓고 했다. 밭에서 깨 털다 들어와 아를 낳았는데 너그 할매는 딸이라는 소리 듣고 나와보지도 않았다. 나는 솔직히 어무이 볼 면도 없고 내 손으로 아 단도리도 못하겠더라. 아 낳았다고 유세 떨 행핀이 아이라서 바로 머리에 물동이 이고 호미 들고 밭에 가서 일도 다 했다. 넘들은 쑥쑥 잘도 놓는 아들이 종가집 메누리인 내한테는 우째 그리 모질게 안 나오던지 참말로 삼신할매가 야속터라.

와 여자로 태어났을꼬 싶었재. 제사 치러느라 몇 날 며칠을 동동거려 상 차리면 남자들은 두루마기 갖춰 입고 절만 한다 아이가. 여자는 절도 못한다. 아침에 넘의 집 대문 안에 여자가 먼저 들어서마 재수 없다 캤다. 나도 딴 집 여자가 아침 일찍 우리 집 앞 기웃거리면 안 좋더라. 그 시절에 여자는 아무 소용이 없는 기라. 요새야 세상이 얼매나 좋아졌노? 빨래는 기계가 해주지, 청소도 기계가 하지. 옛날엔 밥을 사 먹는 거는 생각도 몬했다.

넷째 낳고 바로 너그 아부지는 서울 올라갔다. 남의 땅 부쳐 먹고 살던 동네 사람들이 도시로 많이 가던 때다. 너그 아부지, 삼촌, 동네 아재들도 여러 명 서울 갔지. 그때는 남자들이 도시로 나갔다. 식구는 늘고 넘의 밭뙈기 갈아봐야 풀칠도 안 되니 그랬을 끼다. 너그 아부지는 일도 잘 할 줄 몰랐다. 쟁기라고 들고 나가는데 소가 놀리겠더라. 글을 했어야 될 사람이지 농사 지을 위인이 못 된다. 양평동에서 천 짜는 공장 한다는 먼 일가하고 우째우째 줄이 닿았다. 기술 배울 나이도 아닌데 마침 경비실을 믿고 맡길 사람이 필요했던 갑더라. 공장에서 천 쪼가리 같은 거 훔치 나가는 사람도 많았다 카데. 너그 아부지가 취직해서 방을 하나 얻어놓고 나를 불러올렸다. 너하고 니 언니는 학교 댕길 때라 놔두고 밑으로 둘만 데리고 가는데 맴이 우찌나 안 좋던지 눈앞이 어지럽더라. 니도 원망 마이 했제?

큰 보따리 하나는 이고, 요새는 택배가 얼매나 좋노. 돈만 주마 집 앞에 착 갖다주이 좋은 세상이제. 그때는 머리통이 택배였다. 그래 이고 양손에 둘을 잡고 신작로 걸어 올라가는데 해는 이슴이슴하고 돌부리에 자꾸 채이더라. 가찹은 경산 장에 기차 타고 한번 가본 적은 있지만, 서울은 처음이었제. 산 사람 코도 베어 간다던데 싶어 무섭기도 하고 에미 애비 다 떨어져 울고 서 있던 너그 둘도 아른거렸다. 완행열차가 밤새 달리는데 잠이 안 오더라.

영등포역에 내리니 날이 훤한데 심장이 콩닥거리데. 두리번두리번 표 내고 나오니 너그 아부지 얼굴이 딱 보이더라. 그새 서울 물을 먹어 얼굴이 멀건 사람이 표 받는 사람 옆에 딱 서 있는데 반갑제. 난생처음 택시라는 걸 타고 너그 아부지 얻었다 카는 방에 가보니 그야말로 오 전짜리 동전만 하더라. 그나마 방 앞에 손바닥만 한 툇마루는 하나 달리서 요강이라도 내놓고 허드레 짐은 두어 개 내놔도 되지 시프데. 네 식구가 누우면 몸 한번 돌아눕기도 버거봤지만 시어무이 없이 사는 기라 숨통이 트였다. 너그 할매도 아들 못 낳는 메누리 안 보니 속이 핀했을 끼다. 그런데 그 방에서 너그 남동생 둘을 낳았으니 영험한 방을 얻은 기다, 너그 아부지가.

나도 아들 낳았다 싶으니 그때부터 두려분 게 없더라. 맹절에 양팔에 아들을 끼고 미어터지는 완행열차를 타고 내려가면 금의환향하는 암행어사 기분이었제. 집 마당에 들어서면 내 아들은 내 손 떠났다. 너그 고모 삼촌 할 거 없이 아를 물고 빨고 했다. 하기사 맹절 음식 만들고 상 차리고 손이 열 개라도 모자라서 아 챙길 새도 없었제. 눈치만 빨랬던 너그들도 남동생 안고 싶어 께끼발을 하고 뱅뱅 돌았지만 한번 안아볼 차지가 안 되었을 끼다. 에미 돕느라 바빴고, 말하다 보니 너 그한테 참 미안타. 딸이라꼬 집에서도 일만 시키고 공장에 보내고…… 얼매나 섭섭했을꼬. 동생들만 안고 서울 가는 부모를 응석도 못 부리고 바라보기만 했제? 내도 다 안다. 마 고만하까, 이런 이야기가 먼 쓸데가 있겠노. 니도 부모 속 많이 썩였다꼬? 그기 머 니 탓이가, 더러분 시상 탓이지.

젤 무섭고 맴 아픈 기 자식 잘못되는 기다. 빨개이가 언제 적 얘기고? 옛날얘기라꼬 생각했는데 갱찰이 우리 집에 왔더라. 당신 딸 어디 있소? 카기에 간이 벌벌 떨렸제. 정신줄을 잡고 우리 딸은 공장에서 일 잘하고 있는데 뭣 땜에 그카요? 했더니 이거 봐, 이거 봐, 딸이 부모도 속인다 아닙니까, 이 집 딸이 빨갱이요. 나쁜 놈들 꾐에 빠져서 큰일 나게 생겼으니 얼른 찾아서 선도해야 하오. 어디 있는지 알려주시오. 이러네. 우리 딸이 지금 공장에 없단 말이오? 했더니 빨갱이 소탕 작전을 하는데 도망가뿟다 카데. 내 딸은 내가 낳았다, 빨개이가 어디서 나온단 말이고! 염소도 웃을 소리 말라꼬 떠밀다시피 보냈제. 행여 동네 사람 들을깝세라 큰 소리도 못 내고 식은땀이 줄줄 나더라.

너그 아부지도 공장에서 일해봤고 나도 도시물도 좀 묵었다 아이가. 갱찰 말을 믿지는 않지만 속은 까매졌제, 니는 연락도 없고 요새처럼 손에 들고 댕기는 전화도 없어 알 길이 없다 아이가.

옷을 입고 신을 꿰차보다가 주저앉았제. 도대체 어디로 가봐야 되노? 은어 잡아 술추럼한다꼬 강에 나간 너그 아부지를 찾아왔제. 이 양반은 한참 동안 아무 말도 안 하고 담배만 피우더라.

저녁도 한술 못 뜨고 우짜꼬 카고 있는데 텔레비전에 뭐 이상한 기 훅 지나가데. 무슨 공장이 나오고 너만한 처녀들이 한 무더기 있는데 일을 하는 기 아니고 한 뭉테기로 모여 있더라. 글도 짧은 내가 니 댕기던 공장 간판은 확 들어오네. 니가 공장 이야기를 많이 해줬던 기 기억나더라꼬. 그라마 저 무더기로 앉아 있는 처녀들 속에 우리 딸이 없단 말이가 싶으니 더 무섭더라. 이기 무슨 일이 났구나 싶었제.

니가 감방에 갇혔을 때 심정을 우째 말로 다하겠노. 넘의 집 감도 하나 못 따묵을 니가 무슨 잘못을 했을꼬. 동네 복숭아 서리는 많이 했다꼬? 그기 뭐 죄라 칼 끼 있나. 복숭아나 참외 한두 개 따먹는 기사 옛날 촌에서는 다 그래 살았다. 주인들도 다 알고 죄로 안 쳤다.

아부지가 너그 언니한테 핀지를 써서 우체국에 부치러 갈라 카는데 너그 언니가 마당에 쑥 들어서더라. 무슨 일이 났구나 싶었재. 너그 언니는 들고 온 가방을 마루에 툭 던지더니 식구들 얼굴도 안 보고 한마디 내뱉더라.

"수야 구속됐다."

니 언니를 앞세우고 아부지캉 내캉 두루마기에 치마저고리 입고 서울 올라갔제. 무슨 종가 행사라도 갑니꺼? 핀잔을 주는 큰딸 말을 아부지는 들은 척도 안 하고 두루마기 고름을 단정히 여미더라. 기차에 셋이 앉아 가는데 아부지는 담배만 피워대고.

너그를 돌본다 카는 교회에 먼저 찾아갔다. 쪼맨한 교회당에 방석 깔고 사람들이 앉아 있데. 목사라는 사람과 노조 지부장인가 하는 사람이 딸은 우리가 잘 돌볼 테니 걱정하지 말라 카민서 따님이 훌륭하다 카데. 한참 뭐를 설명을 하는데 나는 무슨 소린지 못 알아듣겠는데 너그 아부지는 연신 고개를 끄덕거리더라. 니 언니가 부모 안심시킬라고 거기를 먼저 들린 거 같더만. 아부지가 나중에 목사님하고 노조 양반한테 편지도 써 보냈다. 우리 딸 돌봐주서 고맙다 카민서 장문으로 줄줄 쓰더라.

교도소 면회소라는 게 사람 손도 못 잡아보구로 유리가 막고 있어서 더 기가 맥히더라. 니가 시퍼런 옷을 입고 가슴에 표 딱지 같은 걸 달고 나오는데 먼 말을 하겠노. 아부지가 빨개이 안 들어가고 한 시절을 넘겼더니 딸이 빨개이 소리를 듣는다 싶고…… 유리 앞에서 니가 여기는 밥도 제때 잘 주고 책도 실컷 읽을 수 있고 야근도 안해서 잠도 실컷 잔다고, 걱정 말라꼬 그리 당돌한 소리를 한 기 내 안 잊힌다. 그때 니도 놀랬다 캤제, 내도 니 아부지가 울 줄은 생각도 못했다. 시상 천지 단단하고 잘난 사람이 자식 앞에서는 그리 약해지뿌더라. 아이구, 속은 여려터진 인사, 저승에서는 잘 사는지 모르겠다. 니는 그때는 에미 애비 억장 무너지는데도 상글상글 웃더만 와 이제 우노?

서울 살 때 이야기해보라꼬?

너그 아부지는 일주일씩 주야간 교대로 일했다. 낮에 일할 때는 아침에 나가고 나면 아지매들 몇이 모여 앉아 부업을 했제. 동향 사람 중에 동헌 아재라꼬 그 아저씨가 무슨 강철회사에 댕깄는데 집이 좀 넓고 내외가 다 사람이 좋았다. 그 집에 모여 앉아 공장에서 파치 나오는 실타래를 무더기로 받아서 방석을 짰제. 폭신한 천은 아니어도 짜놓으마 도톰한 기 쓸 만했다. 그 방석이 온 집안에 굴러다니고 내가 촌에 갈 때도 몇 개 가져갔는데 지금은 더 좋은 기 많아서……

아부지가 야근할 때는 낮에 집에서 잠을 쫌 자야 되는데 고생이었다. 방이 하나뿐인데 애들 넷이 들락거리니 잠을 잘 수가 있나. 아부지 깨우지 말고 동헌아저씨 집으로 오라꼬 암만 단도리를 해도 철없는 것들이 금방 이자뿌고 다람쥐처럼 뽈뽈거리고 댕깄제. 그때야 애들이 어디 갈 데가 있었나? 맨날 집 앞 공터에서 땅 따먹고 제기 차고 할 때제. 아부지는 잠이 들었다 말다 눈이 벌겋게 나가는 기 예사고. 그것도 계절이 좋을 때나 눈이라도 붙이지 한여름에는 잠을 못 잤다. 선풍기 하나 놀 자리가 없었다 아이가. 아부지는 홧증이 나서 주인집 아저씨 복덕방에 앉아 매일 낮술을 마셨다. 저래가 우째 일을 나가노 싶어 나는 속이 타는데 말릴 수도 없었제. 나가는 뒷모습 보니 어깨가 자꾸 처지고 다리가 흔들거리더라. 후, 내가 숨이 찬다. 아부지가 그래서 아마 뱅이 났을 끼다.

촌에는 땅이 없고 도시는 집이 없으이 월급이라꼬 받아봐야 매달 외상 갚기 바빴다. 그때는 다 가겟집에 외상 장부 달아놓고 살았다. 애들을 심부름 보내도 달아놓고 뭐 사오너라 하면 가게 아지매가 적어놓고 챙겨 보냈다. 동네 사람들이 다 알고 지낼 때라 믿고 거래했제. 한 달 되마 장부에 줄 긋고 또 한 달 되마 줄 긋고 그기 사는 모양새였다. 장부에 저당 잡힌 꼴이제. 네 언니부터 네 동생까지 국민핵교 끝내자마자 줄지어 공장에 들어가고 네 남동생은 국민학교 입학을 했는데 아부지가 뱅이 나뿟다. 얼굴이 시커매지고 눈동자가 노래지더라. 술을 그러키 펐으니 간이 우째 성할 끼고. 공장에서도 아마 뭐라 캤을 끼다. 저녁에 들어온 아부지가 임자, 여 좀 앉아 보래이, 하는데 내 간이 철렁하더라. 콧구멍만 한 방구석 자리 잡아 앉고 말고 할 것도 없어 그대로 주춤 앉았제. 니 아부지 눈을 똑바로 못 보겠어서 벽을 보는데 사또 옷 입고 찍은 니 남동생 돌 사진에 파리똥이 보이더라. 그래, 미안타. 딸 넷은 사진 한 장을 못 찍어줬재? 액자를 내려 파리똥을 닦아야겠다 싶은데 임자, 촌에 내려가야겠네, 카는데 그 소리가 마치 동굴에서 곰이 내는 거같이 웅웅하더라.

할매 얼굴이 함지박만큼 어른대고 제사상 받을 우리 열두 조상님들 지방이 펄럭거리더라. 단칸셋방 서울살이도 고달팠지만 나는 너그 할매하고 조상님들이 더 겁나더라. 학교 선생들한테 귀염받으며 재밌게 다니던 니 남동생은 이사 안 가면 안 되냐 울고 막내는 이기 무슨 상황인지도 모르고 좋아라 했제. 하이고 쌀 것도 없는 짐 다 실어야 세 발 트럭 한 대도 안 차더라. 그때 세 발 트럭이라 카는 기 있었다. 요새는 그런 차는 없제?

짐도 싣고 사람도 타고 고향으로 안 갔나. 너그 아부지는 서울에서 몸이 많이 상해뺐지 싶다. 담배도 끊고 간에 좋다 카는 거 이것저것 달이가 먹기는 했는데 회복이 안 되더라. 황달이 오고 복수가 찼는데도 큰 병원에는 못 가봤다. 고향 가서 몇 년 버티고 니 아부지 죽은 후 과부 된 고부가 수십 년을 살았으니 아부지하고 산 세월보다 할매하고 산 세월이 훨씬 길지.

할매는 외로봤을 끼다. 할부지가 사람은 헌헌장부인데 할매하고 정답게는 안 지냈다. 너그 아부지 낳고 얼마 되지도 않아 할부지가 일본으로 돈 번다고 가서 이십 년을 소식도 제대로 안 보냈다 카더라. 할매 혼자 없는 살림 다 떠맡아 봉제사 모시고 종부 노릇 하며 살았다 아이가. 할부지가 돈을 좀 벌어오긴 했는데 갈무리를 못하고 헛된 데 다 날리뿟다 카더라. 전답을 샀으마 식구들이 고생을 덜했을 낀데 팔자가 그랬던 갑제.

할부지가 넘들한테는 세상 좋은 사람이었다. 허허 웃고 며느리도 귀히 여기고. 그런데 할매를 너무 오래 혼자 놔뒀재. 할매는 정이 고팠을 끼다. 곱다시 컸다 카는데 시집와서 고생만 했제. 너그 아부지는 그래도 내한테는 잘했다. 이십 년을 혼자 키운 아들이 마누라한테 잘하는 기 보기 싫었을 낀가? 그카다가 아들까지 먼저 보냈으니 박복한 노인이제. 내는 할매가 좀 측은터라.

할매한테 나는 전생에 무슨 빚진 업보가 있지싶다. 와 그리 평생 노한 얼굴이었을꼬? 노인네가 구십이 넘도록 매일 소주 두 잔씩 마시고 담배를 피우고도 머가 안 삭여지는동. 그래도 세월이 정인지 할매 가고 나니 온 집이 휑한 기 허전하더라.

술도 담배도 안 하는 니 엄마는 속이 머에 썩어 벵이 났냐꼬? 와? 의사가 많이 안 좋다 카제? 너그 자세히 말 안 해도 내 짐작은 한다. 이만치 살았으마 마 살만치 살았다.

인제 끝마치도 되겠제?

파문

선수들이 트랙에 들어섰다.

"출전 선수들에게 큰 박수를 보내주시기 바랍니다."

방송이 흘러나오지만 따르는 사람은 드물다. 모두 자신이 베팅한 선수만 바라본다. 기찬은 『챔피언』으로 달려보기로 했다. 매표소 주변에 포진한 예상분석 책자인 『도사』『최강』『승부사』등을 제치고 선택한 오늘의 『챔피언』이 모두를 시원하게 제압해주면 좋겠다.

대각선으로 두 칸 아래에 놈의 머리가 보인다. 꼭뒤가 탈모로 옴팍하다. 시선이 따끔거리기라도 하는지 놈은 양 손가락으로 긁적대다 빵모자를 얹었다.

맛보기 같은 기분으로 순식간에 한 경기가 지나갔다. 초반은 대체로들 느긋하다. 지나간 장면이 스크린에 흘러 다니는 동안 사람들은 우르르 몰려나가 새 경주권을 샀다. 기찬은 흡연실로 향했다. 점퍼 주머니에서 라이터와 담배 한 개비를 뽑아 드는데 창가에 서 있던 놈이 불쑥 고개를 디밀었다.

"불 좀 빌립시다."

기찬의 오른 손가락들이 빠르게 접혔다. 그는 보지 못했을 것이다. 왼손으로 담뱃불을 디밀어준 후 놈의 이마 위를 흘긋 보니 간밤 술이 토악질로 치밀 것 같다. 게임장 동기라도 된 것처럼 무람없이 구는 놈이 기막히다.

놈과 재회하고 보름쯤 지난 어느 날 유난히 재수가 없었다. 일곱번째 경기까지 생짜로 날렸다. 밤새 고심하며 분석한 선수들이 완전히 뒤집혀버린 것이다. 대각선으로 힐끗 보이는 얼굴도 식은 소죽처럼 충충했다. 경기 재생 스크린은 무심히 흘렀다. 그때 놈과 같은 줄에 있던 머리 희끗한 여자가 똥 마려운 듯이 급히 나갔다. 대형 스크린에 시선을 꽂고 왁자하던 사람들도 우르르 일어설 무렵 여자가 허겁지겁 되돌아왔다. 여자는 분주하게 좌석 아래를 훑어대더니 옆자리에서 막 일어서는 놈에게 물었다.

"혹시 여기 떨어진 돈 못 봤어요?"

들이미는 여자의 질문에 놈은 벙벙한 표정을 지었다. 이마 위 점이 출렁하는 것도 같았다. 성깔 있어 보이는 여자는 그

뚱함이 수상쩍은지 속사포로 쏘아댔다.

"분명히 호주머니에 있었거든, 좀 전에 나갈 때 떨어진 게 틀림없는데."

소란에 주변 사람들이 힐끗거렸다. 답답하다는 듯 주변을 돌아보는 여자의 눈에 기찬은 굳이 시선을 맞추어 턱을 슬쩍 끄덕여주었다. 기찬의 눈빛에 확증이라도 잡은 듯 여자는 소리쳤다.

"야, 여기도 도둑놈 많구나. 나라가 뻥 뜯는 것도 모자라 도둑놈도 설치네!"

철사를 긁는 것 같은 여자의 악다구니를 뒤로하고 기찬은 사람들 속에 섞여 나와버렸다. 다음 경기부터 재수는 좀 풀리는 듯했다.

그날 경기가 끝난 후 빈곤한 몸피에 걸음은 재빠른 놈을 뒤따랐다. 뿌연 미세먼지 때문인지 재채기가 나와 구겨두었던 마스크를 걸쳤지만 눈이 간질거렸다. 사람들 속에 섞여 꽁무니를 놓친 놈이 그새 편의점 앞에서 컵라면을 들고 나오는 게 보였다. 밥 한 숟가락 얻어먹을 집구석도 없는지 등받이 없는 빨간 플라스틱 의자에 엉덩이를 얹고 젓가락으로 탁자를 툭툭 쳐대거나 다리를 떨어대는 꼬락서니가 가관이었다. 면이 익는 동안의 짧은 기다림도 지루한지 채 풀리지도 않은 면발을 목구멍 안으로 집어넣는 것을 보며 참을 수 없이 욕지기 같은 게 치밀었다. 누르고자 했을 때는 이미 앞서 나간 발이 의자를 걷어차버린 후였다. 뜨거운 국물에 면상을 엎어버리고 싶었는데 아쉽게도 사발을 거머쥔 놈의 민첩한 대처로 약간의 국물만 탁자를 타고 흘러내렸다.

"에이 시팔, 뭐야 이거!"

놈이 황급히 일어나 바지 깃을 부르르 털며 고개를 홱 돌렸다. 눈이 찢어지려고 했다. 이마의 검붉은 멍도 요동했다.

"의자가 튀어나와서⋯⋯"

기찬은 힐끗 놈의 시선을 비튼 후 중얼거렸다. 놈은 땅콩 껍데기 같은 얼굴 주름이 씰룩거렸지만 담배 몇 개비 얻어 피운 바 있으니 대고 성질부리기는 뭣한지 입안으로 시부렁거리며 화장실로 들어가버렸다.

경륜장 새내기인 놈은 기찬을 고수쯤으로 생각하는 모양이었다. 라면 엎은 일은 잊은 양, 베팅 용지에 펜을 찍는 기찬 옆으로 다가와 힐끔거렸다. 뒤통수에 닿는 눈길을 모르는 척 기찬은 전문가 포즈로 대충 마킹을 했고, 놈은 몇 차례 골탕을 먹었다. 같이 망하는 꼴일 뿐 속 시원한 것도 아닌데 심사가 비틀렸다. 게임이 끝날 때마다 기찬이 한껏 우거지상으로 담배를 피워대니 놈은 속았다고는 생각도 못하는 것 같았다. 하기야 머지않아 베팅에 도 튼 자는 없다는 것을 깨닫게 될 것이다.

흡연실 바깥 복도는 늘 북새통이다. 최대 삼만 명을 수용할 수 있는 경륜장 안에 층별로 식당이나 카페, 어린이 놀이시설까지 있다 보니 온기와 냉기를 취하려는 이용객도 꽤 있는 것 같았다. 한 귀퉁이에는 '경륜경정 중독 예방 치유센터'도 자리 잡고 있다. 처음 경륜장에 왔을 때 실내 음식점에서 국수 한 그릇을 먹고 오다 치유센터를 보고 실소했다. '욕심이 무거우면 몰락할 수 있습니다.' '당신의 인생까지 베팅하시겠습니까?' 협박인지 권고인지 모를 홍보 전단들도 반듯반듯 붙어 있었다. 문밖에 세워놓은 거치대에는 『희망 길벗』『심리 치유 아카데미』 같은 책자도 꽂혀 있었다. 들쳐보니 중독을 극복한 체험 사례 지면 위에 행복한 표정을 짓고 있는 가족사진이 보였다. 병 주고 약 주네, 고양이 쥐 생각하는 것도 아니고. 기찬은 집어 들었던 책자를 도로 던져버렸다. 그야말로 경륜장에 있는 것은 세상에 다 있고 경륜장에 없는 것은 세상에도 없다고 떠드니 웬만한 것은 다 갖춘 공간에 낯선 열기와 왁자함이 가득 차 있다.

시설 이용이 목적이었든 부모들의 경륜 베팅을 위해 놀이방에 넣어졌든 눈빛 번득거리는 장소에 따라와 뒹구는 아이들을 보며 기찬은 공연히 심란해졌다. 그때 그 일이 없었다면 여자가 떠나지 않았으리라.

모친은 늘 "잘난 우리 아들이 와 이리 됐노" 한탄했다. 잘난 건 몰라도 어디 섞여 있으면 그런대로 훈훈하고 번듯한 직장도 가진 청년이었으니 어긋나지 않았다면 장성한 아들 하나쯤은 있었을까, 아니 올망졸망한 손자 녀석이 있을지도 모르겠다. 긴 시간을 맴돌다보니 문득 이곳이 다른 세상 풍경처럼 낯설어진다. 몸속 장기처럼 버티고 앉아 불쑥불쑥 비집고 나오는 그 어느 장면들이 더 익숙한 것도 같다.

그해, 봄을 짓밟은 광풍은 구로공단 노동자 기찬에게도 휘몰아쳤다. 유난히 춥던 겨울 계엄사에서 나온 군인들이 노조 간부들을 대거 연행하기 시작했다. '불순한 교육을 받은 사실 여부' '사회 혼란 기도 유무'를 조사한다고 했다. 막 노조 간부가 되었던 기찬도 예외 없었다. 지프를 타고 들이닥친 자들에게 어디인지도 모른 채 끌려간 곳은 서소문이었다. 그곳을 범진사로 부른다는 것은 나중에 알았다.

"광주에 돈 얼마 가져다줬어?"

벽과 작은 책상 하나밖에 없는 조사실에서 그들이 말했다.

처음에 무슨 소린가 했다가 섬뜩 소름이 돋았다. 아, 그거!

광주항쟁 소식을 접한 노조는 긴급히 회의를 개최했고 이견 없이 조합원 모금 활동을 벌였다. 전 조합원이 참여한 적지 않은 금액을 가톨릭 주교를 통해 광주항쟁 중 다친 사람들의 치료비로 써달라는 뜻과 함께 전달했다. D 방직 노동자들이 구사대에 의해 똥물 세례를 당한 후 해고되었을 때도, Y 노동자들이 야당 당사에서 농성하다 죽거나 감방에 갇혔을 때도 손수건을 팔거나 모금해서 지원하는 활동은 늘 해오던 일이었다. 광주에 전달한 모금이 뭔 죄라고? 노조를 파괴할 구실로 뭔가 그물을 쳐서 들어온다는 짐작에 오싹해졌다.

"우리 공장에는 광주 출신들이 많아서 고향 돕는 마음으로 모금한 겁니다. 국가에서도 해야 할 일을 노조가 솔선수범했는데 그게 뭔 죈가요?"

한껏 의아한 눈빛을 지어 수사관에게 되물었다.

"이것들이 겁이 없네, 여기가 어딘 줄 아직 모르는 모양이네."

머리 중앙 가르마가 반듯한 수사관은 실소했고 그 겁 없음이 뭘 의미하는지는 곧 알게 되었다. 한 달 동안 조사실을 들락날락하며 보낸 그해 마지막 날, 수사관은 근엄한 표정을 짓고 말했다.

"당신들이 잘못한 건 없어. 털어봐도 먼지 하나 안 나오게 회계도 잘했더라고. 그러나 똑같이 자라야 할 잔디밭에 불쑥 나온 게 있으면 뽑을 수밖에 없어. 이건 국가시책이야."

불안은 현실이 되었다. 여성 간부들은 사직서에 지장을 찍은 후 풀려났고 남자들이 끌려간 곳은 삼청교육대였다. 순화 교육 4주가 떨어졌다. 이유도 항변도 무의미한 '국가시책'이었다.

이어지는 기억 속의 버스 안에는 '순화'가 필요한 종자들이 송장처럼 파리하게 웅크리고 있었다. 입을 뗄 엄두도 못 내고 숨을 죽였지만, 차츰 귀를 세우고 보니 소녀부터 칠십이 내일

모레인 노인도 있었다. 폭력배 제비족 사기꾼도 있지만, 팔뚝에 치장한 문신 때문에 검거되거나 집 앞 가게에서 이웃과 다투다 슬리퍼 차림으로 끌려온 인물도 있었다. 버스 두 대로 이동한 기찬 팀이 5기라고 했으니 이미 많은 잔디들이 뽑힌 모양이었다.

버스는 쉬지도 않고 달려 원주의 어느 부대에 도착했다. 차에서 내리자마자 옷은 벗겨지고 머리는 밀어졌다. 벽에는 일과표가 붙어 있었다. 점심도 거른 채 얼어붙어 땡땡한 땅바닥 구르기부터 순화는 가동되었다. 영하 23도 날씨에 발가벗고 달리다가 동상에 걸려 발을 잘라내는 사람이 생겼다. 장 출혈로 죽어 나가는 사람도 눈 뻔히 뜨고 봐야 했다. 죽은 이의 가족에게는 보상금 몇 푼이 지급된다고 했다. 조교는 시체를 툭툭 차며 돈 벌어서 좋겠다고 이죽거렸다. 조교의 주된 역할은 기합 주기였다. 기찬과 나이도 엇비슷했던 그는 입소자들을 조상 죽인 원수처럼 대했다. 소 등에 달라붙은 등에 으깨듯 검붉은 피가 툭툭 터져야 숨을 쉬었다.

그날 순화교육생들은 땅바닥을 기었다. 죽을 둥 살 둥 기는 와중에도 뒤가 서늘해 고개를 휙 돌렸다. 예감대로 텅 비어 있었다. 소름이 돋는 순간 조교의 검붉은 점이 대문짝만큼 커지며 동시에 몽둥이가 허공을 갈랐다. 본능적으로 몸을 말았지만, 몽둥이가 손끝에 튀었다. 죽지 않으려면 기어가야 한다. 붙어 있는지 떨어져 나갔는지도 모른 채 흙바닥을 긁은 손가락 두 개는 밤 내내 통증이 되었다. 의사 앞에 갔을 때는 이미 썩은 살이 되어 있었다. 어느 공장에서 프레스에 잘린 손가락이 가마니로 나온다던가, 손가락을 공장 화단에 묻었다던가, 기찬은 잘린 손가락을 받아 오지도 못하고 혼자 꺼이꺼이 곡을 해서 보냈다.

놈의 발길질에 날마다 개새끼가 되고 X새끼가 되면서 진즉에 인간이기를 포기했다. 저항하는 순간 죽음이었다. 살아서 돌아갈 수 있을까. 오줌이 나오면서 얼어붙는 새벽에 무심히 빛나는 별을 보며 천일 같은 하루하루를 죽였다.

손가락 두 개를 묻어두고 집에 돌아온 날, 문을 열고 들어서는 기찬을 멍히 바라보던 모친은 넋을 놓고 까무러쳤다. 거울에 비친 얼굴이 스스로 봐도 해골 같았으니 모친이 정신을 놓을 만도 했다. 뭐라고 소문이 났던 걸까. 석 달 전만 해도 설 연휴에 해운대에 가자던 여자는 연락이 닿지 않았다. 왼손으로 어설프게 젓가락질을 하는 아들 엉덩이 뒤로 감춘 세 손가락밖에 없는 오른손을 본 날 모친은 또 한 번 까무러쳤다.

낮에도 불을 켜야 하는 방 안에서 모친은 재방송 연속극을 보고 있을 것이다. 모친이 목에 걸고 다니는 전화번호를 눌렀다.

"어, 울 모친 식사는 하셨나? 아들 들어갈 때 뭐 사다 드릴까?"

"아무것도 안 사도 된다, 마 얼른 오너라."

일관성을 유지하는 대사지만 반가움이 묻어 있다. 그저 술집으로 빠지지 말고 집으로 와주었으면 하는 모친이다. 아니나 다를까, 그냥 오라던 모친의 궁리가 전화기로 흘러든다.

"그라마 올 때 김치 넣고 지져 먹게 형제수산 가서 고등어 한 마리만 사 올래?"

오늘의 고리는 고등어다. 대답은 호쾌하게 했지만 불 못 끄고 기다리는 모친의 바람은 번번이 배반당한다. 매번 망한 기분으로 경륜장을 나와 담배 가게를 거쳐 술집으로 향하고 마는 기찬이다.

얼마 전 새해 초에 모친은 느닷없이 말했다.

"찬아, 니 이름을 바꿔보는 거는 어떻겠노?"

"머할라꼬 새삼……"

"요 옆에 슈퍼 골목집 다리 절뚝거리는 할매 니도 알제? 그 아들이 그래 뭐가 꼬이더니 어디서 말 듣고 이름을 바까뿟다 카데. 그라이 신통하게 풀리더라 안 카나. 니가 지금이라도 사람이 하나 들어와야 될 낀데……"

"아이구, 할마씨도 참, 내 나이가 육십이요."

"그래도 요새 그 베트남 처자들은 나이 많아도 잘 오는 거 같던데……"

"남의 딸 데려와 고생시키라고요? 어머니 같으면 젊은 딸을 육십 노인한테 보내겠소?"

"야가 뭐라 카노, 요새 육십은 젊은이다 카이. 내사 마 인자 얼매나 더 살겠노? 내가 잊아뿌리고 눈을 감아야 되는데 너를 우짜꼬 싶다, 자식이 하나 있기를 하나……"

모친은 당신이 이치에 닿는 말을 하는지 아닌지는 모르겠고 아들이 나이 타령하는 것이 언짢은 모양이었다. 팔십이 넘어가는 모친에게는 육십 된 아들이 근심이었다. 기찬은 모친의 걱정이 혹처럼 짐스럽다가도 불 켜두고 기다리는 그 온기에 살아왔다.

기찬의 이름은 재주 기(技)에 빛날 찬(燦)으로 재주가 빛나라는 뜻으로 지었다는데 어릴 때 별명이 '기찬 인생'이었다. 해석하기 나름이련만 초등학교 시절의 담임 때문에 안 좋은 이미지로 굳어져 버렸다. 독후감 숙제를 못 내 교실 문고에 몇 권 꽂혀 있던 책 중에 『어린 왕자』를 빼서 억지로 읽다가 가물가물 꿈속으로 들어가버린 오후였다. 딱딱한 것이 등에 쿡쿡 닿는 바람에 눈을 뜨니 아이들이 와자하게 웃어댔다. 입가에 비어져 나온 침으로 턱밑은 끈적거렸다.

"아이고, 기가 차다 기가 차."

별명이 산토끼였던 선생은 귀를 팔랑거리며 혀를 찼다. 친구들은 "야! 기가 차다 기가 차!" 장단 맞춰 떠들었고 어느 틈에 '기찬 인생'으로 발전해버렸다.

멀쩡한 자식이 별안간 어딘가로 끌려가 해골 같은 몰골로

돌아오고 여자를 만나는 듯하다 실패하고 또 실패하는 걸 본
모친은 이름을 의심하기 시작했다. 의심은 집착이 되었다. 기
찬도 잘되면 제 탓, 안 되면 조상 탓이라는 것쯤 모를 리 없는
데 가끔 이름 탓인가 싶기도 했다. 여하튼 모친과 얼굴 멀뚱
거리고 있는 것도 피차 답답한 노릇이라 휴일은 도망치듯 경
륜장으로 내달렸다.

재미로 시작한 경륜은 중독이 되었다. 매번 잃다가도 약간
의 만회를 하게 되면 희망이 솟았다. 한판 잘 꽂히면 그동안
날린 돈이 별것 아닌 짜릿함을 맛볼 것이다. 어떻게든 한판에
매달리게 되는 갈망은 점점 목이 탔다. 기대와 실망이 널뛰기
했다. 금요일 오후부터 경륜장으로 모여드는 수천 명의 베팅
동기들은 수천의 욕망 덩어리가 되어 뒤엉키고 흩어지는 일
을 반복했다.

서로를 적당히 외면하는 경륜장 흡연실에서 놈을 알아본
것은 왼쪽 이마에 불거진 점 때문이었다. 몇 가닥 털이 꽂힌
동전만 한 반점이 망막을 채우는 순간 온몸의 세포가 곤두섰
다. 가위눌려 뒷덜미가 굳어진 느낌이었다. 긴 세월이 순간으
로 지나갔다. 혼 빠진 사람처럼 담배 개비를 꺼내지도 못하고
서 있는 동안 경기 시간이 임박해졌다. 관람석으로 이동하는
무리에 섞여서 기찬은 자석처럼 놈을 뒤따랐다. 그의 헐렁한
해병대 바지가 튀었기에 구분하기는 쉬웠다. 설령 유니폼 무

리에 묻혀 있을지라도 그 얼굴을 잊을 수는 없을 것이다. 원주 X 사단에서 달빛 아래 칼바람으로 내리꽂히던 몽둥이질, 새카매져서 잘려 나간 오른쪽 손가락들…… 돌연 지질한 중늙은이로 나타났지만, 놈이 분명했다.

상처는 받은 자만 기억한다더니 놈은 기찬을 알아보지 못했다. 심지어 흡연실에서는 주머니를 뒤적이는 척하다 실실거리며 담배를 빌리기도 했다. 오히려 멈칫 뒷걸음치는 것은 기찬이었다. 귀갓길에 저도 모르게 뒤를 밟다가 놈이 무심코 돌아보면 찌르르해 시선을 피한 것도 기찬이었다. 무슨 조화인지 모를 지경이었다.

한때 몽둥이를 차고 개구리처럼 팔딱거리던 놈도 이곳에서는 올챙이에 불과했다. 놈과의 해후가 같은 지점이라니 새삼이가 갈렸다. 어쩌겠다는 작정도 없이 매번 관중석을 슬금슬금 훑었고 뒤통수가 보이는 곳에 앉았다. 주말이면 놈의 얼굴이 먼저 떠오를 지경이었다. 아무리 타인에게 무심한 곳이라 해도 번번이 마주치니 놈은 아는 척을 했다. 허둥거리던 기찬도 정신을 곧추세웠다. 때때로 호주머니 뒤적거리는 놈에게 담배도 건네주었다. 독을 품은 친절은 독이 되는지 놈은 기찬의 담배로 연기를 뿜다 쿨럭거렸다.

6경기에 출전할 선수들이 한 바퀴 선을 보인 후 대기실로 사라졌다. 『챔피언』의 예측대로만 하면 최소한 중간은 가야 맞다. 물론 변수가 있다. 그 변수를 잘 파악해야 대박이 난다. 1회 베팅의 최대 액수는 십만 원으로 명시되어 있지만, 명목일 뿐이다. 기찬이 최고 액수로 걸어본 것은 회당 오만 원이다. 그 돈이 배를 불려온 적은 거의 없다. 어떻게든 다음 베팅 비용이라도 확보해야 한다. 그런데 놈이 아까부터 보이지 않는다. 담배를 잘도 걸식해 피워대는 놈이 해소 천식 앓는 노인 기침을 해대더니 나간 모양이다.

전광판은 초 단위로 금액이 바뀌었다. 삼복 승 12,902,470, 쌍 승 3,494,700, 복 승…… 6경기 발매 완료 구 분 전에 베팅 총액은 사천만 원가량 뛰었다. 이제는 제발 『챔피언』이 제대로 한판 달려주길 빌며 기찬은 분석에 들어갔다.

1번이 돌파력이나 힘이 강한 선수니 1위로 들어설 가능성이 있다. 5번과 6번은 같은 의정부 출신이니 친밀감이 있을 수 있다. 5번과 7번 관계는 별다른 접점이 보이지 않는다. 그렇다면 6번이 서울 출신이고 7번은 강원도 출신이니 1번 처지에서 보면 서울 출신이 면이라도 익은 관계일 수 있다. 일반적으로 보면 1번이 5번을 똥파리로 달고 갈 확률이 높으리라. 그러나 7번은 나이가 많다. 7번이 6번이나 5번 앞으로 끼어들면 자리를 내주지 않기에는 거북할 수 있다. 물론 면상 싹 닦고 모른 척할 수도 있다. 선수 개개인의 생각, 하늘도 모를 그 생각을 분석하는 것, 이것이 『챔피언』의 역할이지만 책자의 분석을 넘어서는 것이 또한 승부사의 능력이다. 그래야

판은 뒤집히고 베팅의 맛은 배가된다. 기찬은 펜으로 줄을 그어가며 출신, 지역, 학교, 나이, 경력 등을 꼼꼼히 들여다본 후 삼복승식에 체크를 하고 1번을 선두로 6번과 5번이 2, 3위로 들어가는 것에 승패를 걸었다. 7번이 변수이긴 하지만 6번이 바짝 붙어가는 기질로 유명한 선수이기 때문이다.

"출전 선수들에게 큰 박수를 보내주시기 바랍니다."

매번 똑같은 안내방송이 울리자 선두 유도 요원이 오 미터쯤 앞에 빠르게 자리를 잡고 백, 흑, 적, 청, 황, 녹, 분홍의 선수들이 사이클을 끌며 들어섰다. 관중석은 살짝 긴장이 돌고 자신이 응원할 선수들을 눈으로 한 번 더 찍는다. 일반 스포츠는 시간이 길고 액션 하나하나에 몸짓과 표정이 드러나지만, 나란히 일렬로 선 경륜 선수들의 표정을 먼 관람석에서 읽어내기는 쉽지 않다. 선수의 키나 체격의 차이를 알아보는 적도 있지만, 중요 포인트는 옷 색깔이다. 선두 유도 요원을 따라 달릴 때까지는 마치 훈련된 로봇이 달리는 것 같다가 마지막 레이스에서 엉키고 처지고 맹렬해지는 순간들에 비로소 그들의 생명을 느낀다. 선수 개인의 힘과 기술, 판단력이 총동원되어 상대를 견제하면서 먼저 결승점에 도달하면 승리다. 0.1초 사이에 선수들의 위치는 엎치락뒤치락 바뀐다. 11초 시속의 선행 잘하는 선수가 12초 속도로 달려버리면 뒤는 엉켜버릴 수 있다. 이때 끝에 서 있던 선수가 엉킨 틈을 타 앞자리

선수의 위치로 주입해버리면 예상은 깨진다. 선행 선수의 전략이 영향을 크게 미치는 것이다. 이곳에 상식 같은 것은 없다. 한판 운에 순간을 거는 베팅뿐.

빵! 총소리가 울렸다.

선수들은 동시에 미끄러져 나가고 진행 요원들은 바퀴를 걸었던 장치를 풀고 트랙 밖으로 사라졌다. 선두 유도 요원이 맨 앞에 섰다. 흰색과 검은색 바탕에 바둑무늬라 얼룩말처럼 보이는 선두의 뒤에는 백색의 1번 선수가 딱 붙어 서 있다. 얼룩말은 출발 시 일어나는 바람의 불리함을 완화하고자 선수들을 앞에서 끌어주다가 속도가 고조되는 마지막 700미터 지점에서 재빨리 빠져버린다. 그동안 자신의 위치를 셈했을 선수들은 비로소 질주한다. 매끈하고 단단한 엉덩이가 맹렬하게 오르내렸다. 베팅한 선수의 엉덩이 속도를 따라 기찬의 사타구니가 팽팽해졌다. 더 빠르고, 더 뜨겁게. 숨이 가빠왔다. 섬광같이 짧은 절정, 은빛 바퀴가 허공을 찍고 사라졌다.

원주 X 사단에서 돌아온 후 기찬은 답답했다. 친척들의 눈빛도 편치 않았고 모친은 늙어갔다. 각이 진 방, 닫힌 문, 현관의 걸쇠도 거슬렸다. 동료 중에는 빠르게 도시를 떠나버린 사람도 있었지만, 모친을 홀로 두고 떠돌 수도 없었다. 해고도 모자라 블랙리스트가 공단에 돌았다. 큰 공장은 명단으로 막고 작은 공장은 잘린 손가락이 막아섰다.

한동안은 낮은 집들이 다닥다닥 붙어 있는 동네 언덕에 좌판을 벌여 슬리퍼나 작업화를 팔았지만 신통치 않았다. 노조 선배의 고향에서 김장철에는 젓갈을, 여름에는 마늘을 떼서 팔아보기도 했다. 이 또한 동네 단골 장사꾼이 어설픈 기찬의 앞을 막았다. 호구지책 없이 해고된 사람들끼리 만나는 것도 하루 이틀이지 서로 멀뚱거리는 것도 괴로웠다.

　퇴직금과 위로금이라고 받은 것을 털어 어찌어찌 치킨집을 시작했다. 해고된 공장 옆에서 시작한 게 패착이었을까. 노조 원들 믿고 시작한 것인데 노조를 담당하던 형사가 손님들을 데리고 왔다. 형사가 들락거리는 것을 본 노조 사람들은 차츰 발을 끊었다. 경험도 없는 장사에 닭 튀기는 기술도 변변치 못해 전전긍긍하는 터에, 노조에 비협조적이었던 공장 남자들이 오기 시작했다. 때로는 관리자들과 함께, 때로는 정보과 형사와 동석한 그들은 국가에서 하는 일이라 어쩔 수 없었다고 했다. 생맥주잔을 들이켜며 형사는 공장 사람들을 부추겼다. 강성의 뿌리를 둔 채로 예전처럼 가면 남은 사람들도 다 죽는다. 불알 달고 뭐 하느냐, 여자들한테 끌려가지 말고 노조를 접수해서 당신들이 운영해보라.

　노조는 간부들이 대거 해고된 후 재정비하여 꾸려가는 중이었다. 여자들이 집행부를 맡자 그들은 조잡한 성별 우월 의식을 들쑤시며 남자들을 자극했다. 하루하루 더 남자들의 눈빛이 희번덕거렸다. 노조가 혜택이고 보호막이 되어줄 때는 찍소리도 없던 자들이었다. 공장 운동장에서 체육대회가 열리면 맨 가슴에 브래지어를 걸치고 노란 가발을 쓰고 돌아다니며 흥을 돋우기도 하고 굵은 팔로 막걸리 통을 들어 나르고 노조 간부들을 높이 헹가래도 치던 이들이었다.

형사는 수시로 들락거렸고 늘 어딘가로 전화를 걸어댔다. 어느 날 그들은 종이 몇 장을 탁자 위에 올려놓고 수군거리더니 기찬을 불렀다. '불안한 노조를 안정된 노조로 바꾸기 위한 제언!' 심장이 쿵 내려앉았다. 그들의 눈빛 너머로 원주 X 사단의 총구가 어른거렸다. 각인되어버린 공포였다. 튀겨낸 치킨 접시 위로 스멀스멀 연기가 피어올랐다.

성대가 거세된 개 노릇이 강요되는 동안 잔인한 작전이 전개되었다. 기찬의 가게에서 치킨을 뜯던 남자들은 노조 사무실에서 회의하던 여자들을 감금한 후 짓밟았고 경찰차는 공장 둘레를 점령하고 가만히 서 있었다. 귀신이 알려주었는지 미리 와 있던 취재진은 카메라를 눌러대더니 회사를 도산시키려는 강성 노조원들로 인해 발생한 노조 내부 갈등 사태로 보도했다. 폭행당한 여성 간부들은 구속되고 치킨을 뜯던 남자들은 노조를 장악했다. 가게에 남자들이 드나들 때부터 기찬을 벌레 보듯 외면하던 노조원들은 어디론가 사라졌다. 동네가 적막해진 후 구사대 완장을 차고 날뛰었던 자들은 술 취하면 저들끼리 싸우고 패악을 부렸다. 가게 주방에서 치킨은 까맣게 타고 식용유는 저 혼자 펄펄 끓어댔다.

배신은 순간이고 변명은 길이 없었다. 깨지고 사라진 거리에서 서성이던 기찬은 낙인을 새긴 채 가게 문을 걸었다. 눈치만 살피던 모친은 친정 조카를 불러들였다.

"행님 따라 댕기바라, 속은 좀 핀할 끼다."

형님은 고물상으로 잔뼈가 굵은 사람이었다. 오류동이 복숭아밭이었던 시절부터 한 말들이 물엿이나 고추장 빈 깡통을 수거한 후 깨끗이 씻어서 팔다가 지금은 만물상이 되었다. 외진 땅에 컨테이너를 세운 후 버려진 고물을 쌓아놓으면 다시 쓸모를 찾아 어딘가로 나갔다. 이 일도 형님이 닦아놓은 터가 있기에 가능했고, 혼자 덤볐다면 한 달도 못 갔을 것이다. 가끔 쉬는 휴일이 무료하던 기찬의 눈에 은회색 돔 경륜장이 들어왔다. 천 원짜리 입장권을 끊고 첫발을 들였던 날은 사람이 너무 많아 주춤했다. 사람 많은 장소는 피해 살던 터였다. 도심이나 지하철 입구의 시위대 행렬만 보여도 멀리 길을 돌았다. 하지만 이곳에서 타인은 그저 타인일 뿐이었다. 불현듯 나타난 놈만 아니었다면.

『챔피언』은 무능했다. 게임은 소득 없이 끝났다. 놈은 여전히 보이지 않았다. 돈이 바닥났나? 기침해대더니 발작이라도 터졌나? 아랑곳할 바는 아니지만, 꼭뒤를 향해 욕을 퍼붓다가 안 보이니 기찬의 눈이 앞서 찾고 있었다.

아침부터 돼지고기 수육 몇 점을 먹은 게 뒤늦게 되새김이라도 하는지 트림이 꺽꺽거려 경기장을 나왔다. 엄지와 검지의 중간을 꾹꾹 누르며 하릴없이 걸었다. 한 층을 한 바퀴 돌아도 속은 편해지지 않았다. 다음 층으로 올라가 더 세게 손가락을 누르며 걷는데 찜질방 고조 비슷한 휴게실 구석에 웅크린 자가 보였다. 놈이었다. 걸치고 다니던 군용 깔깔이 위에 상표가 나달거리는 회색 점퍼가 겹쳐 있었다. 대자로 뻗기는 민망했는지 세로로 오그려 누운 놈은 꿈을 꾸는지 신음인지 좀 끙끙대는 것 같았다. 그 모습에 눈길을 쏘고 있자니 아득해졌다.

모친은 늘 남들처럼 살지 못하는 것을 한탄했다. 그러나 '남들 사는 것처럼'은 모호한 기준만큼이나 어려웠다. 기찬 앞에 널브러져 있는 놈 역시 도박 같은 인생을 꿈꾸지는 않았을 것이다. 밀물이 차오는 개펄에 박힌 다리처럼 허우적대다 잠겨버릴 인생, 따지고 보면 바닥으로 깔려온 것은 너 나 다를 바도 없었다. 권세를 꿈꾼 적도 없고 재물에 욕심낸 적도 없는 인생인데 한순간에 꼬이고 벼랑으로 내몰릴 수도 있는 게 또한 인생이었다. 스스로 선택할 수 있는 지점은 어디였을지, 무엇을 다르게 만들 수 있었을지, 신음하듯이 잠든 놈을 바라보다 기찬은 잠시 쉬려던 생각을 접고 되돌아섰다.

갑자기 관중석이 웅성거리기 시작했다. 우—우— 비명 같은 야유도 꽂혔다. 『챔피언』에 의하면 1번을 따라가야 할 7번 선수가 뒤로 따르는 게 아니고 옆으로 서버린 것이다. 결승 선을 통과한 순서는 1, 5, 7이었다. 1, 7, 5로 예상했던 『챔피 언』의 지지자들이 배배당한 듯이 분노하면서 관람석은 요동 쳤다. 퇴장하는 선수들 등에 대고, 야! 개새끼야! 욕설을 붙 이는가 하면 경주권을 거칠게 쫙쫙 찢어 던졌다. 관람석 바닥 에는 패배한 종이 쪼가리들이 짓이겨졌다. 순위 확정 시까지 경주권을 꼭 보관하시기 바랍니다. '꼭'이라는 글자를 큰 돋 움체로 강조한 화면이 저 혼자 무색했다. 질서유지 요원들이 한껏 위협적인 눈빛으로 관중석을 휙 한 바퀴 훑었다. '경륜 장에서 욕설과 야유가 가면 즐거운 레저가 옵니다 ─국민체 육진흥공단', 당부는 혼자 떠다녔다.

기찬은 손에 쥐고 있던 경주권을 펼쳐 까맣게 칠한 동그란 점들을 바라보았다. 펜으로 그어댄 시간처럼 인생도 검게 칠 해온 것만 같다. 긴 숨을 몰아 뱉은 후 종이를 잘게 찢어 힘껏 공중으로 날렸다.

반복해서 결승 장면이 떠다니는 스크린을 힐끗 노려본 후 담배를 들고 일어섰다. 자판기 앞에는 열이 찬 사람들이 음료 수를 뽑아대고 흡연실은 얼굴 가득 터져 나오려는 욕지거리 로 울뚝불뚝했다. 마치 행복 예약이라도 해둔 것처럼, 매번 주말이면 몰려들지만, 그럴수록 행복은 무관할지도 모르겠 다. 지갑에 복권을 넣어둔 한 주 동안 기대의 감정을 유지하고픈 안간힘일 뿐.

　낡은 꽝의 실망에 쌓인 흡연실에서 연기를 뿜어대던 기찬은 손을 뻗어 창문을 열었다. 광장 옆 주차장에 매미 떼처럼 엎드린 자동차들 등짝으로 한나절 해거름이 나른히 깔리고 있었다. 문득 아득한 어느 날에 같은 풍경을 본 것도 같았다. 그 풍경 안에 놈의 얼굴도 있었던 것 같다.

　기찬은 묘한 감정에 끌려 밖으로 나와 안양천 방향의 산책로로 향했다. 천변에는 철모르는 철새가 바싹 마른 덤불 사이에 부리를 찍어대고 있었다. 언젠가 모친이 답답해서 경륜장 주차장에 트럭을 세워두고 잠시 걸은 적이 있다. 모친은 저것은 털머구(털머위) 꽃이고 저거는 쑥부쟁이다. 아이구 이것 봐라, 햇살 좋은 데는 쑥이 다 있다 야! 유치원생 가르치듯 일러주며 좋아했다. 그러나 주말을 경륜장에 저당 잡힌 후 모친과 동반 산책은커녕 혼자도 오지 않은 길이다.

　여름에 제법 그늘을 만들기라도 했을 중키의 소나무와 떡갈나무 아래로 마른 잎이 소복하게 깔려 있다. 떨어져 뒹굴망정 낙엽은 자신의 뿌리였던 나무 옆에 누워 있었다. 하지만 눈 오고 바람 불면 사라질 것이다.

　경륜장 파장 시간이 되어 사람들이 몰려나오고 있었다. 뭐 눈엔 뭐만 보인다더니 멀리 편의점을 기웃대는 익숙한 뒤태가 보였다. 휴게실에 늘어져 있던 놈이 살아 나온 모양이다.

　날씨가 제법 찬데도 놈은 야외용 파라솔 아래 앉아 코를 찔 꺽대며 재채기를 하더니 손수건을 찾는지 뒤적거렸다. 바라 보고 서 있던 기찬은 편의점 안으로 들어갔다. 진열대의 컵라 면 중 매운맛 하나를 집어 들었다. 뚜껑을 벗겨 뜨거운 물을 채운 후 놈이 앉은 탁자 앞으로 다가갔다. 지는 햇살 한 조각 이 컵라면 뚜껑 위에서 버둥거렸다. 반갑기라도 한지 자글자 글한 눈에 썩은 미소를 흘리는 놈의 코앞에 사발을 디밀었다.

　"어, 형씨, 나 먹으라고 주는 거요?"

　놈은 되지 않게 놀라는 척했다.

　"나만? 왜 같이 안 먹고?"

　저 혼자 중얼거리고는 이내 라면에 코를 대고 킁킁거렸다.

　기찬은 놈의 뒤통수를 한번 훑어본 후 나무젓가락을 코앞 에 놓아주며 웅크렸던 오른 손가락 세 개를 반듯이 폈다. 두 손가락이 없는 뭉툭한 주먹에 놈의 시선이 닿는 찰나 심장으 로 한줄기 번개가 파르르 튀었다. 놈이 고개를 쳐드는 순간 기찬은 빠르게 몸을 돌렸다.

　―욕심이 무거우면 몰락할 수 있습니다.

　기찬이 걸어가는 출구 옆 현수막이 바람에 흔들렸다.

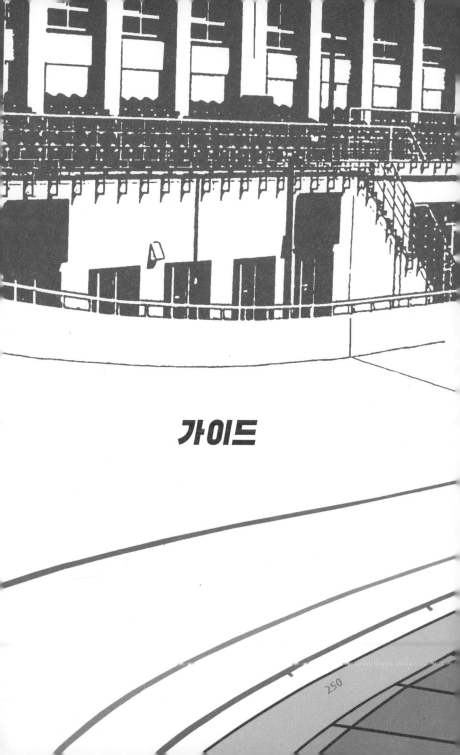

가이드

공항 가는 리무진버스 안, 하진의 전화기에 카카오톡 메시지가 떴다.

—언니야, 어데까지 왔노? 나는 일층 여행사 부스 앞. ^^

해외 나들이는 처음이라는 수진은 일찌감치 도착한 모양이다.

—다 왔다. 롯데 몰 보이네, 모퉁이 꺾었음.

소한에서 대한으로 이어지는 혹한이 좀 풀려 햇살이 좋았다. 버스에서 내리니 언니야! 목소리와 함께 수진이 튀어나왔다. 문 안에서 내다보고 있었던 모양이다. 평생 일만 하느라 하늘을 날아본 적이 거의 없는 동생이 딱해 우격다짐으로 끌고 나선 여행이다.

M투어 부스 앞에서 패키지로 묶인 사람들과 만남이 이루어졌다. 일행이 될 한 무리의 사람들이 다양한 색깔의 캐리어를 끌고 서 있었다. 크고 작은 가방에 여행의 기대도 듬뿍 담긴 것 같았다.

육십대 초반의 부부 한 쌍과 아내 쪽 지인이라는 여자 한 명, 초등학생 남매를 데리고 여행하는 엄마와 자녀 둘, 친구로 보이는 여자 둘, 하진의 자매까지 열 명이었다. 여행사 직원은 준비해 온 일정표를 하나씩 나눠준 후 육십대 남자에게 단체여행 리스트가 들어 있는 자료를 넘기며 공항 출입 절차를 설명하고 상해 도착 때까지 일행을 인솔할 반장을 맡아달라고 부탁했다

안내를 마친 여행사 직원이 잘 다녀오시라 인사하고 떠나간 후 나란히 대기 의자에 모여 앉았다. 한 명뿐인 남자 어른이자 연장자라는 이유로 맡겨진 것 같은 반장을 시작으로 통성명을 나누고 즐거운 여행이 되자는 덕담을 건네는 동안 슬쩍슬쩍 탐색의 시선이 교차했다. 반장 남자와 어린 초등학생 남자아이는 동성의 기운이 통했는지 어느새 『노인과 바다』의 주인공들처럼 친밀해져 있었다.

유치원을 운영한다는 아이 엄마는 세련된 엘리트로 보였고 아이들도 곱게 자란 태가 났다. 동네 마실 다니는 듯 여행도 익숙해 보였다. 살아온 토양이 튼실한 사람들은 물 빠진 집시 차림을 해도 이상하게 광이 났다. 수수한데 고급하게 보이

는 그들을 힐끔거리다 보니 노란 운동화로 깔맞춤을 한 하진은 자신의 발등이 갑자기 거북해졌다. 자매인 수진도 남색 캐리어에 평소와 크게 다르지 않은 수수한 차림이지만 매력적이다. 백화점 쇼핑까지 거쳐 소풍 가듯이 치장한 하진의 차림새는 관심을 끌지도 않을 뿐 아니라 공연히 어색하다. 고등학교를 졸업하고 공장에 다닌 하진과 달리 혼자 힘으로 기어코 일류 대학을 당당히 졸업하고 저 살고 싶은 대로 사는 수진은 여전히 하진이 이룬 재력에는 눈을 주지 않는다.

상해 홍교 공항의 오후는 추적추적 내리는 비에 젖어 있었다. 졸지에 낯선 사람들의 패키지 팀장으로 임명된 남자는 눈으로 인원을 세어본 후 앞장섰다. 알아서 줄지어 따르는 사람들과 함께 짐을 찾아 나오니 출입문 옆에 M투어 깃발을 들고 서 있는 남자가 보였다. 구둣솔같이 빳빳하게 선 짧은 머리카락, 검붉은 얼굴, 엉덩이를 덮는 검은색 헐렁한 점퍼, 접어 들고 선 우산마저 검은색이었다. 웃어본 적이 있을까 싶도록 남자는 무거웠다.

"비 오니 우산을 꺼내십시오."

첫마디 어투에서 조선족이라는 것을 알 수 있었다. 그는 돼지 새끼 세어보듯 숫자를 확인한 후 앞서서 걸었고 하진 팀은 캐리어 옆구리에 찔러두었던 우산을 펼쳐 들고 졸졸 뒤를 따랐다. 민망하게도 유치원 차를 연상시키는 노란 24인승 버스가 대기해 있었다. 가이드는 3박 4일 운전을 맡은 기사와 뭔가를 주고받더니 일행이 엉덩이를 걸치자 곧 마이크를 잡았다. 이름은 김한철이고 강릉 김씨라고 자신을 소개한 그는 일정을 대충 이야기하더니 곧바로 몇 가지 옵션을 제시했다. 원래 여행사 일정에는 없는 것이었다. 첫째 날 저녁에 강에서 배를 타고 야경을 감상할 수 있다, 다음 날 일정표에 '서호의 밤'으로 되어 있는 공연 관람을 그보다는 가격이 높지만, 더 볼 만한 '송성 가무쇼'로 바꿔 관람하면 좋겠다, 비용은 일 인당 십만 원 정도 추가된다. 그리고 가는 길에 한 곳 쇼핑을 더 할 예정이다. 한달음에 추가되거나 변경될 일정을 나열한 그는 버스 안을 한 바퀴 휙 둘러본 후 힘주어 덧붙였다. 지난주에 어떤 팀이 옵션을 선택하지 않고 쇼핑도 꽝이어서 손해가 많이 발생했다, 가이드 일해서 남는 거 없다. 손님 중에는 알아서 미리 옵션 추가하는 사람도 있다고 했다. 불쾌한 침묵이 흘렀다. 표정이라도 좀 밝게 하던가. 거부하면 한 대 맞지 않을까 싶을 정도였다. 중국 여행만 여덟번째라는 부부에게 눈길을 주었지만, 그들은 아무 말도 하지 않았다. 오지랖 넓은 하진이 잘난 척 나섰다.

"우리가 반드시 그 옵션을 추가해야 하나요?"

하진의 얼굴을 한번 쏘아본 그는 싸늘하게 답했다.

"강제는 아닙니다. 여러분이 선택하면 됩니다."

"그럼 진작 일정표에 넣어서 총금액을 제시했어야지 왜 지금 바꿔야 하는지 모르겠네요. 우리가 의논해서 결정해도 되나요?"

"그렇게 하십시오."

그의 얼굴은 두께를 더해 검어졌고 말투는 더 굳어졌다. 아이들마저 고단한지 조용해서 버스 안은 불편한 기운만 감돌았다. 뒷자리에 앉은 누군가의 귓속말이 살짝 흘렀지만 그뿐이었다. 여행하면 쇼핑을 강요하고 그런 식으로 이윤을 챙긴다는 풍문은 들어본 바이지만 옵션까지 일방적으로 강요되는 분위기에 짜증이 났다.

"훈이 자니?"

하진은 답답한 공기를 틔우고 싶어 고개를 뒤로 빼고 큰 목소리로 아이를 불러보았지만 아이 엄마만 희미하게 웃을 뿐 썰렁했다. 지금 교감 선생님이 타고 있는 수학여행 버스 안인지 원, 조짐이 좋지 않았다.

버스에서 내려 가이드의 지시 사항을 숙지한 후 네 팀은 각각 흩어졌다. 상해의 옛 거리는 휘황찬란했다. 청나라 시대 초기의 모습을 재현했다는 전통 건축물들 사이로 들어가니 천 년 전의 어느 세상을 걷는 것 같았다. 푸른 기와를 인 상점마다 둥근 갓의 등이 총천연색으로 번쩍거리고 골목의 음식들도 갖은 색깔로 냄새를 풍겼다. 가게의 장신구들이나 의류들도 최대한 붉고 푸르게 번쩍였다. 붉은색과 황금색이 압

도적인 간판과 불빛, 건물들과 비단옷들, 형형색색으로 가득
찬 상점의 물건들. 중국의 골목골목을 물결치는 자본의 냄새
가 코를 마비시킬 지경이었다. 같은 빛깔로 차려입은 상점의
판매자들은 한국어를 섞어 고객을 끌어당겼다. 노동으로 만들
어진 상품들이 휴식하려는 여행객의 지갑을 열고 싶어 안달했
다. 수진이 앙증맞은 작은 가방을 만지작거렸다. 프랑스의 유
명 브랜드 디자인을 닮았다.

"사지 마."

하진이 동생 귀에 살짝 흘리고 팔을 끌어당겼다.

"예뻐서 언니 사주려고 했지, 여행 경비도 많이 썼는데……"

"짝퉁이야. 나 이런 가방 안 들어."

미적대는 수진을 점원이 포착했다. 잘 어울릴 것 같으니 백
위안을 깎아주겠다고 했다. 얼른 오른손을 흔들며 사양의 뜻
을 표한 후 수진의 등을 밀고 나오니 점원은 팽 돌아섰다. 다
음 골목에 들어서니 아이 둘을 앞세운 팀이 맞은편에서 걸어
왔고 광장에 다다르니 부부 팀이 눈앞에 있었다. 한정된 거리
를 돌다 보니 나뉘었던 팀들이 골목골목에서 다시 툭툭 마주
쳤다.

자유 시간을 채운 후 가이드를 따라 중식당으로 이동했다.
가이드는 둥근 식탁에 일행이 다 앉은 걸 확인한 후 안쪽으로
들어가버렸다. 배는 고팠지만 식어 빠진 음식은 입으로 잘 들
어가지 않았다. 식당은 미어터질 듯 와글거렸다. 도대체 이런

음식이 뭐가 맛있어서 먹으러 오는 것인지 알 수가 없었다. 아직 숙소에 들어가지 않아 여행 가방을 열지도 못했으니 가지고 간 깻잎이며 고들빼기김치는 꺼내지 못했다. 숙소에 들어가 간식이라도 먹어야 할 판이었다. 아이들도 몸을 비틀며 젓가락으로 깨작거렸다. 음식마저 형편없으니 표정들이 일그러진 채 회의가 시작되었다. 가이드의 옵션 추가 제안을 수용할 것인가 말 것인가?

차 안에서는 입도 떼지 않던 부부 팀의 지인인 여자가 공연은 바꿔도 괜찮을 것 같지만 비 오는데 배는 타지 말자고 했다. 아이 엄마는 공연도 그냥 원래대로가 좋을 것 같다, '서호의 밤'에 서커스가 있어서 아이들이 좋아할 것 같다고 했다. 친구 팀 여자 둘은 다른 사람들 좋은 대로 하겠다 하고 수진은 말이 없었다. 사람 좋아 보이는 반장은 웃기만 하고, 그의 부인은 '글쎄요?'만 했다. 돈이 좀 들어오자 남편 마음이 떠나버린 후 딸이랑 두어 번 여행한 적이 있을 뿐인 하진은 패키지여행은 처음이고 이런 경험도 없다.

하진은 가이드가 친절한 태도로 양해를 구하는 것도 아니고, 너무 일방적이라 불쾌하다고 말했다. 아이 엄마와 반장 부부 친구인 여자 사이에서 송성 가무쇼와 서호의 밤을 두고 약간의 의견이 오갔지만, 원래의 여행사 일정표대로 하자는 결론으로 떨어졌다. 반장은 가이드에게 전달하는 역할을 하진에게 맡겼다. 하진은 얼결에 소득 없는 임무를 수행해야 했다. 나서야 할 때와 나서지 말아야 할 때를 못 가리는 그놈의 오지랖에 떠밀리고 만다. 더구나 그 결정은 재앙의 시초였다.

하진의 보고를 들은 가이드는 동굴에서 자다 깬 곰 같은 어조로 딱 한마디 했다.

"그러세요."

기류가 싸해진 버스는 상해의 야경이 보이는 강으로 터덜터덜 이동해서 팀을 풀어놓았다. 우산을 펼치고 비 내리는 강변을 걸으며 사진을 몇 장 찍는데 어두운 강물 위를 움직이는 작은 배 몇 척이 보였다.

"그래, 비도 오는데 배 안 타길 잘했어."

멀리 있는 가이드를 힐끗 보며 수진이 나지막이 말했다.

"그니까, 춥기도 하고."

하진도 작게 응수했다.

호텔로 이동하는 길은 멀고 도로는 거북이 떼가 기어가듯 했다. 서울의 퇴근 시간 교통체증은 여기 비하면 새 발의 피라고 생각될 정도였다. 기사와 가이드는 뭐라고 중국말로 떠들더니 차선을 휙 바꾸어 굴다리 같은 곳으로 내려가 좁은 길로 접어들었다. 그나마 지름길인 모양이었다. 지름길에서도 한 시간 이상 더 달려 도착한 숙소는 산속의 외진 곳이었다. 다행히 한국말로 시끌벅적해서 낯선 느낌이 줄었다. 하진 자매는 키 하나를 받아 방으로 들어갔고 다른 팀들도 각각 층을 달리하여 배치된 곳으로 흩어졌다.

인터넷 검색을 통해 상해의 날씨 정보를 살펴보긴 했지만 역시 예측 불허다. 비가 오락가락하는 음울한 날씨가 이어졌다. 창밖으로 토닥거리는 빗소리에 예민한 잠을 설쳐 입이 깔깔했지만 먹어야 걸을 수 있다.

호텔 조식은 기름에 튀긴 고구마와 찐만두가 있어 나름 요기는 할 만했다. 둘러보니 다른 팀들은 보이지 않았다. 하진은 한 귀퉁이에 앉아 비행기 타고 온 김치와 깻잎장아찌를 꺼내 쌀알이 구르는 밥과 고구마 위에 얹었다. 여행도 다녀본 놈이 잘 다니고 고기도 먹어본 놈이 먹는다고 수진은 낯선 음식을 잘 먹지 못했다. 그깟 3박 4일 중국 음식 입에 맞지 않아 굶어 죽기라도 할 듯 깻잎과 고들빼기김치를 비닐봉지에 겹겹이 묶어 들고 온 수진이었다.

예정된 시간에 버스에 올랐지만, 가이드는 잘 쉬었느냐는 인사도 없었다. 미동도 없는 그의 뒤통수를 보니 인사를 하려던 하진의 입도 뻣뻣해져버렸다. 정류장에서 타고 내리는 낯선 사람들처럼, 각자 멀뚱멀뚱 자리를 잡고 앉았다.

호텔에서 항주로 이동하는 도로는 평소 세 시간 거리라는데 비 탓인지 네 시간이 걸렸다. 비가 굵어졌다 가늘어졌다 하며 이어져 우산을 쓰고 웅성거리며 왕싱지 부채박물관을 휙 돌아 나와 중식당으로 이동했다. 다행히 음식이 먹음직했고 수진의 김치와 부부 팀의 구운 김이 더해져 포만한 식사를 했다. 아홉 살 훈이는 자기 엄마를 두고 반장 남자를 따라다녔다. 사람이 선해서 친근하게 느껴지는 것인지 아이는 남자의 손을 꼭 잡고 걷거나 허리를 끌어안으며 장난을 치고 꽁무니에 졸졸 붙어 있었다. 아이의 손을 꼭 쥐고 허허거리는 남자는 동화 속의 키다리 아저씨 같았다. 아이 엄마는 아이의 넉살에 혀를 차면서도 편해져서 좋아 보였다. 아이 덕에 가끔 웃었다. 가이드는 혼자 저만치 앞서서 돌아보지도 않고 걸어 갔다. 가이드 잘 챙겨라. 하진 팀은 소리 죽여 키득대며 쫓아다녔다. 정원의 모란꽃이 연못 안의 붉은 잉어와 어우러져 있다는 화항관어의 잉어 떼를 배경으로 사진을 찍는 동안도 가이드에게 사진 한 장 부탁할 엄두를 낼 수 없었다. 아니 숫제 보이지도 않았다. 시간이 되면 어디선가 나타나 숫자를 세어 보고 화난 표정으로 앞서 걸었다. 일행은 또 소리 죽여 킥킥대며 종종걸음으로 그를 뒤따랐다.

화항관어에서 조금 걸어 서호로 이동했다. 운하라는데 호수인지 강인지 분간이 안 되는 곳이었다. 유람선은 천천히 서호를 한 바퀴 돌았고 중국 민화에서 본 풍경이 안개에 젖어 아련했다. 외국 여행 팀 한 무리가 같은 배를 탔다. 그쪽은 젊은 여자 가이드가 빨간 뿔 마이크를 들고 명랑한 목소리로 안내를 하고 있었다. 무슨 말인지 알아듣지 못해도 하진 팀은 그녀의 표정을 따라 고개를 이리 돌리고 저리 돌리며 대리 안내를 받았다. 인기 있는 담임을 둔 옆 반을 부러워하는 초등학생처럼 괜히 위축되었다. 슬쩍 돌아보니 가이드 김한철 씨는 팔짱을 끼고 뒷자리에서 눈을 감고 있었다. 그는 설명도 없고 감상을 물어보지도 않았다. 뒤도 돌아보지 않고 걸어가서 어느 지점에 도착하면 돌아올 시간을 말해준 후 사라져버렸고, 인원을 확인한 후 숙소에 데려다주고 다음 날 아침 정해진 시간에 나타났다. 로봇이라도 이보다는 친절하리라. 이날 저녁 극장으로 이동하여 '서호의 밤'을 관람하는 동안에도 그는 보이지 않았다. 개미허리 몸집의 소녀들이 높은 줄 위에서 기기묘묘한 연기를 하는 장면은 놀랍지만 불편했다. 위험한 고통에 비용을 지불하고 귀족이라도 된 듯 등을 기대고 차를 마시면서 손뼉 치고 웃다가 문득 서늘해졌다. 너무 어린아이들이 너무 잘 훈련되어 있었다. 줄을 타는 것이 아니라, 줄에 걸린 몇 푼의 지폐에 저당 잡혀 위태롭게 흔들리는……

다음 날 아침 식당에서 만난 부부 팀의 표정이 굳어 있었다. 방에 놓고 온 김치를 가지러 다시 올라갔다가 그들과 같이 승강기를 타고 내려온 수진이 김치 통을 열며 눈을 찡긋거렸다.

"왜?"

"어젯밤 저 팀 가이드랑 한판 했대."

"뭣 땜에?"

"자세한 건 못 들었어. 이따 물어봐야지."

또 뭔 암운이 닥치는 걸까, 불안 반 호기심 반 서둘러 아침을 먹은 수진 자매는 부부 팀이 앉은 옆자리로 갔다.

"아휴 말도 마요, 뭔 저런 인간이 다 있는지……"

점잖은 남자는 여전히 말이 없고 여자는 아직도 화가 나는지 목소리를 떨었다. 지난밤 부부 팀과 동반한 친구가 혼자자는 방의 난방이 잘 안 되어 가이드에게 전화를 걸었으나 받지 않더라고 했다. 프런트에 말하려고 해도 언어가 안 통해결국 부부를 깨웠다. 그들이 프런트에 몰려가도 문제가 해결되지 않았다. 셋이 같이 잘 수도 없어 가이드에게 계속 전화를 걸었는데 그는 두 시간이 지난 후에 나타나 그걸 내가 어찌하느냐고 화를 냈다는 것이다. 그뿐 아니라, 옵션을 하나도추가하지 않는 사람들을 가이드 하느라 손해가 크다며 숙소데려다주었으면 됐지 자는 사람 불러내서 이런 고생까지 시키느냐고 버럭버럭 소리 지르는 바람에 한밤중 호텔 복도에서 난리가 아니었던 모양이다. 잠을 못 잤는지 그들은 부석부석해 보였다. 돌아가면 반드시 여행사 찾아가서 따질 거라고핏대를 세웠다. 여행 일정은 남았고 중국 땅에서 어찌할 수도없으니 일단 참는다는 것이다. 반장 남자를 쳐다보니 선비 같은 그는 아무 일도 없었던 듯이 아이들과 장난치며 놀고 있었다. 이 사건 후 여자는 가이드와 보이지 않는 냉전을 벌였다.그 와중에도 그의 남편인 반장은 큰소리 한번 내지 않았으리라고 짐작되었다.

"저러기도 참 어려운 노릇인데 저 양반은 참 신선이네."

"저러면 사실 마누라는 속 터져."

하진 자매는 들리지 않게 수군거렸다.

아침을 먹은 건지 안 먹는 건지 식당 어디에도 보이지 않던 가이드는 시간 되니 나타나 휙 한번 둘러본 후 버스로 향했다. 비도 오는데 우산을 접었다 폈다 하며 옥을 파는 상회, 라텍스 공장, 게르마늄 가게, 대나무 제품 판매장 등 여섯 군데의 쇼핑센터를 돌아야 했다. 가게를 나올 때마다 그는 주인들과 쇼핑 내역을 확인하는 것 같았다. 수진은 몇 집 안 되는 이웃 사람들이 금일봉을 주었다며 휴대용 부채를 몇 개 샀다. 하진은 허접한 물건들로 짐을 키우느니, 서울 가서 수진이 시골로 가기 전에 백화점 쇼핑을 할 계획이었다. 쇠붙이 하나 걸고 다니지 않는 수진이 목에 목걸이도 하나 걸어주고 옷도 좀 사줄 참이었다. 가게 주인들과 뭔가를 정산하고 늦게 버스에 오른 가이드는 버스 안을 레이저빔을 쏘듯이 훑은 후 쇼핑을 너무 안 한다고 화를 냈다. 맨손으로 달랑 버스에 오른 하진은 적이 눈치가 보였다. 죄 없이 죄책감으로 심사가 옥죄어들었다. 성질 더러운 가이드가 행여 해코지라도 하지 않을까 근심되기도 했다. 이동하는 버스에 벌서는 학생들처럼 앉아 모두 입을 닫고 약 먹은 듯이 잠만 잤다.

"물 다 돈 주고 산 겁니다, 가져가려면 천 원을 내세요."

조용한 버스 안에 쇳소리가 울렸다. 등을 기댄 채 눈을 감고 있던 일행들은 깜짝 놀랐다. 운전석 뒷자리에 있는 물 한 병을 들고 가려던 부부 팀 여자가 황당한 표정으로 엉거주춤 서 있었다. 버스 안의 생수 박스는 처음 탈 때부터 있었기에 당연히 제공되는 것으로 이해하고 있었다. 가이드가 심술을 부리기 시작한 것이다. 그는 내친김이라는 듯 그동안 물 가져간 분들도 있으니 다 천 원씩 내라고 했다. 물을 가져간 적이 있느니 없느니, 너무하지 않느냐느니, 다툴 수도 없는 노릇이었다. 수진이 얼른 지갑을 열어 천 원짜리 두 장을 꺼냈고 일행들은 앞뒤로 손을 뻗어 열 장을 모았다. 만 원을 가이드에게 내미는 손이 민망했지만, 그는 탁 받아 주머니에 넣으며 우산의 빗물을 잘 털고 타지 않는다고 잔소리를 보탰다. 시간을 지키지 않는다고도 투덜댔다. 끝없이 트집 잡았다. 자신의 가이드 계획이 틀어진 뒤로 응축된 화가 불쑥불쑥 튀어나오는 모양이었다. 억지로 애물단지를 끌고 다녀 억울한 것처럼 노골적으로 투덜거렸지만 그를 포기할 수도 없는 여행 팀은 뒤에서 가만히 투덜거렸다.

호텔에서 주가각까지는 세 시간여가 소요되었다. 땅이 넓으니 한번 이동하려면 서너 시간은 기본이었다. 서울에서 통영 정도 오갈 거리를 종로에서 강남 가듯이 옮겨 다녔다.

명, 청 시대의 대표적 운하 마을인 주가각은 목조건물이 고
풍스러웠다. 좁고 길게 이어진 운하를 따라 수십 개의 아치형
돌다리가 놓인 운치 있는 풍경이었다. 운하 옆 좁은 골목으로
는 자그마한 가게들이 붙어 있었다. 우산을 펼치기에도 좁은
길이라 반만 펴 머리만 덮은 채 가이드의 뒤를 따라 걸었다.
되돌아갈 때는 6인승 작은 나룻배를 탔다. 부부 팀과 아이들
가족이 먼저 물길로 흘러가고 우리 자매와 두 여자 친구 팀,
가이드가 같은 배를 타게 되었다. 배는 물결 따라 잘 흘러가지
만, 그래도 노를 저으며 가는 식이었다. 별로 이야기 나눌 틈
이 없던 여자들과 재미 삼아 번갈아 노를 저으며 잠깐 수다를
떨었다. 짧은 컷에 털실 벙거지를 눌러 쓰고 다니는 여자는 대
전에서 왔고, 쌍꺼풀 수술이 잘못되었는지 눈두덩이 독특하게
꺼져 보이는 여자는 서울 연신내에 산다고 했다. 여고 시절 친
했던 동창으로 계절마다 같이 여행한다는 자랑도 했다.

"거봐, 친구끼리도 이렇게 여행 다니며 지내는데 우리는 딱
둘 있는 자매가 너무 무심하게 살지?"

하진은 수진을 면박했다.

"그래서 우리도 왔다 아이가, 언니야."

수진이 헤헤 웃으며 너스레를 떨었다.

가이드는 여전히 두툼한 입을 꾹 다물고 물만 바라보고 있
었다. 자그마한 배 안에 마주 보고 앉아 있으니 약간 친숙해
지는 느낌이 들어 네 명의 사진을 한 장 찍어달라고 부탁했

다. 그는 말없이 핸드폰을 넘겨받아 찰칵 한 번 눌러주었다. 한 번 찰칵, 바로 핸드폰은 하진에게 돌아왔다. 좁고 긴 운하를 나룻배 저어가는 기분은 나름 신기한데 운하의 물은 검은색에 가깝게 푸르딩딩했다. 어떤 사람이 가게 뒤 운하 쪽으로 난 계단을 내려와서 양동이로 물을 퍼 가는 모습이 보였다. 한쪽에서는 채소 같은 것을 흔들어 씻고 있었다. 중국이 물 사정이 어려운 곳이라지만 설마 이 물에 채소를 씻어 먹는다? 결벽증까지는 아니더라도 위생에 까탈스러운 하진을 잘 아는 수진이 하진의 입을 쳐다보았다.

"저 물을 퍼 가네요. 설마 식수로 쓰는 건 아니겠죠?"

"그럼 이 물을 먹겠어요!"

가이드는 내지르듯 빠르고 큰 목소리로 말했다.

단어 하나하나 높낮이로 오르내리는 그의 어투는 그따위 질문을 하는 게 가당찮다는 투였다.

"아니, 그냥 물을 퍼 가기에……"

수진이 옆구리를 쿡 찌르는 바람에 하진은 터져 나오려는 웃음을 꾹 눌렀다.

"어쨌든 저 물을 어디엔가 쓴다는 거잖아?"

가이드의 귀를 피해 속닥거리는 하진에게 수진은 아무런 대꾸도 하지 않았다.

버스는 상해로 이동했다. 먼저 중국 땅 한 귀퉁이에 오롯이 보존되고 있는 임시정부청사를 찾았다. 독립 영웅들의 자취가 남은 유적지의 공간은 매우 작았다. 좁고 굽은 계단은 두 사람이 나란히 오르내리기도 어려웠다. 나라를 빼앗긴 시대의 임시정부라지만 얼마나 열악한 조건에서 목숨 바쳐 투쟁했는지를 짐작하게 했다. 한껏 옷깃을 여미고 백범 선생의 집무실, 회의실, 요인들의 숙소로 사용된 전시관을 한 바퀴 돌아 나왔다. 역사적인 장소 앞에서 사진을 남기는 것도 필수였다.

길 하나를 건너 이색적인 레스토랑, 재즈바 커피숍들이 모여 있는 '신천지'를 지나, 미로 같은 골목에 잡화가게들이 붙어 있어 인사동을 연상케 하는 타이캉로를 휙휙 돌아본 후 상해 최대의 번화가라는 남경로에 서니 여기가 명동인지 중국인지 잠시 헷갈렸다. 좀 전에 보고 나온 대한민국임시정부 유적지가 새삼 외롭고 비장하게 느껴졌다.

빌딩과 상점들 사이 자동차가 지나다녀도 될 만큼 넓은 길을 지나 가이드가 기다리는 지점에 이르렀을 때였다. 무릎 아래 없어진 두 다리를 뭉툭하게 드러낸 채 바퀴 달린 뗏목 같은 것을 밀며 들어오는 걸인을 만났다. 물건을 팔고 있는 것 같기도 했다. 마치 세계 공통의 장면처럼 익숙한데 통 하나를 옆에 두고 뭔가 쓰인 두꺼운 종이를 깃발처럼 꽂고 있었다. 하진네 일행 앞에서는 심지어 안녕하세요? 한국어로 인사까지 하는 바람에 흠칫 놀라기도 했다. 몸을 좁혀 일행들 사이로 다가서는 하진의 눈에 가이드가 보였다. 입을 잘 열지 않는 그가 걸치고 있는 반코트 호주머니를 열어 지폐 한 장을 꺼내더니 통에 담아주는 모습이었다. 물값 천 원씩을 독하게 받아내던 그였다. 순간 멍해진 하진은 걸인의 통에 적선을 보태기도 면구하게 느껴져 고개를 돌렸다. 높고 화려한 남경로의 빌딩 사이로 햇살이 가늘게 갈라져 들어왔다.

점심은 두부 몇 조각과 돼지고기가 들어간 김치찌개였다. 그나마 한국 맛을 낸 음식이라 반가웠지만, 사람은 바글거리고 양은 부족했다.

어두워진 후에야 첫째 날 묵었던 호텔로 돌아왔다. 이동이 길고 많은 곳을 훑고 다니는 데다, 가이드까지 알아서 따라다녀야 하니 숙소에 도착하면 씻고 자기 바빴다. 그래도 맥주 한 캔은 하고 자자며 과자 몇 조각과 캔 맥주를 매트리스 위에 올리고 편한 복장으로 퍼질러 앉았다.

"우리 가이드는 뭐 하고 있을까?"

수진이 매우 궁금하다는 듯이 말해놓고는 쿡쿡 웃었다. 생뚱맞게 튀어나온 게 가이드 안부였다.

"가이드 정말 최악이다. 사람이 어떻게 그렇게 생겨 먹었냐그래! 아니 계획대로 우리가 안 따라줬다 해도 최소한 여행안내를 하는 사람의 소양이라는 게 있지. 저런 사람 처음 봤어, 정말. 나룻배에서 그 더러운 물을 어디에 쓰느라 퍼 가느냐고 물어볼 수 있지, 그럼 이 물을 먹겠습니까, 라고 면박 주는데, 하하……"

하진은 걸인에게 돈을 주던 가이드의 모습이 불쑥 떠오르는 것을 누르고 어이없다고 웃는다.

"아니 톤이 이랬지, 그~럼 이 물을 먹~겠~어~요!"

수진이 가이드의 표정과 높낮이가 오르내리는 톤을 비슷하게 흉내 내는데 그 어투가 매우 비슷해서 하진은 넘기던 맥주를 뿜을 뻔했다.

"그런데 언니야, 사실 이 지구상에는 그보다 더 심한 물을 먹고 사는 사람들 많아."

톤이 가라앉은 수진의 말에 하진은 무심하게 길 가다가 오물을 뒤집어쓴 기분이 된다. 때때로 이렇다.

배울 만큼 배우고 인물도 좋은 수진은 단순히 그 이유라고만 보이지 않는 뭔가로 단단했다. 연애는 요란하게 하더니 결혼은 하지 않았고 그럴듯한 직장을 팽개치고 갑자기 버스도 자주 다니지 않는 시골로 들어갔다. 약초를 캐고 효소를 만들어 지인들에게 판매한다더니 그게 무슨 식품안전법에 문제가 된다고 그만두고는 콩 심고 배추 심으며 산다.

남자를 소개해도 거절, 일자리를 주선해도 거절, 뭘 좀 도우려고 해도 돕는 건 돈으로 하는 게 아니라는 투다. 하진의 우애와 연대적 진심이 수진에게는 아무 의미가 없다. 이번 여행 경비는 하진이 다 예약해버린 다음 패키지라서 환불도 안된다고 을러서 수진이 못 이기는 척 응했다.

내 너의 검게 탄 목에 진주 목걸이 하나는 걸어주고 말리라, 하진은 이상한 오기가 솟는다.

　인민광장 남쪽에 자리하고 있는 상해박물관은 꽤 볼 만했
다. 신석기시대부터 현대에 이르기까지의 다양한 유물이 십
만 점 이상 전시되어 있었다. 청동기 도자기, 회화며 볼거리
가 적지 않았지만 역시 감상이 아닌 관광이라 빠르게 훑어 가
이드가 기다리는 곳으로 향한다.
　세계에서 세번째로 높다는 동방명주는 상해의 심장부에 우
뚝했다. 유리로 된 원구에 서니 하진은 너무 아찔한데 수진
은 태연하다. 하진은 탑에 서서 먼 시가지를 내려다보며 광대
한 중국이 무질서해 보이는 속에서 무섭게 뻗어가는 기운 같
은 걸 느낀다. 엄청난 인구와 통제되지 않을 것 같은 방만함
을 관리하고 끌어가는 저력은 무엇일까? 신호등 따위는 의미
도 없어 보이고 빵빵거리는 클랙슨 소리에, 급정거는 예사인
덜컹대는 도로, 꽉 찬 자동차 행렬, 불결한 호텔, 장소에 상관
없이 가득 찬 담배 연기, 그 위로 휘황하게 솟아오른 빌딩들
과 거대한 도시, 바다같이 큰 호수, 잘 관리된 박물관의 유적
들, 그런가 하면 오래된 골목들, 그 어떤 시선에도 개의치 않
는 자긍심 같은 것들…… 상해의 기운은 무섭게도 느껴진다.
　동방명주의 높은 원구 안에 선물 판매점이 붙어 있었다. 수
진이 노잣돈 보태준 사람들 선물을 고르다 보니 약속된 시간
이 임박해졌다. 서둘러 계산을 마치고 나오는데 점원이 수진

을 붙들고 늘어졌다. 돈을 받지 않았다는 것이다. 중국말이
되지 않으니 거스름 받은 잔돈을 보여주며 몸으로 항변하는
데 쉽지 않았다. 마침 약속 시간이 되었고 합류 지점이 그 가
게 앞이어서 가이드가 다가왔다. 수진에게 전후 사정을 들은
가이드는 고개를 끄덕이더니 곧장 점원에게 중국어로 설명을
했고 비로소 점원이 수긍했다. 수진은 증명하느라 꺼냈던 물
건을 도로 담느라 허둥댔다.

"천천히 하세요."

하진은 놀라서 가이드를 쳐다보았다. 여행 기간 통틀어 수
진에게만 보인 딱 한 번의 친절이었다.

시커멓고 우울하고 지질한 가이드는 공항 가는 마지막 일
정의 차 안에서도 굳건히 기존의 태도를 유지했다. 그는 열
명의 탑승수속을 꼼꼼히 마무리해주고 개찰구 옆 위치를 잡
아 줄을 세운 후 얼굴도 쳐다보지 않고 마지막 말을 했다.

"안 좋은 가이드 만나 고생하셨습니다."

앙금을 누르고 있는 부부 팀은 외면했고 자녀 동행 팀은 화
장실에 가고 없었다.

"수고 많으셨어요."

헤어지는 마당이니 하진과 수진도 정중히 고개를 숙였다.
그러나 그는 수진에게 고개를 한번 끄덕이는가 싶더니 어느
새 휙 돌아서버렸다. 하진의 인사는 뒤통수에 막혀버렸다. 갑

자기 가슴이 싸해졌다.

"아무리 그랬지만 팁이라도 좀 줄걸."

갑자기 다급해져 그가 간 방향을 쫓았지만 이미 사라진 후였다.

하진의 중얼거림에 수진이 답했다.

"언니야, 아까 화장실 갔을 때 내가 십만 원 줬다."

하진은 뒤통수를 한 대 맞은 열패감을 느낀다. 여행비는 하진이 다 댔는데 마무리 장식은 수진어 했다. 세상 다 바꿀 듯이 떠들며 사는 하진이 놓치고 마는, 사람 사는 예의에 늘 가 닿고 있는 수진의 일상적인 태도가 하진에게는 쓰다.

검색대를 통과하고도 기다리는 시간이 길었다. 여전히 아이는 '키 큰 할아버지' 팔에 대롱거리고 있었다.

"이제 곧 헤어질 텐데 훈이 할아버지랑 헤어져서 어쩌나?"

반장 남자의 아내가 아이 손을 잡아주며 말하자 남자는 지갑을 열어 달러 두 장을 꺼냈다.

"이거 행운의 달러인데 너희 하나씩 줄게. 잘 커라."

가이드의 옵션 추가 요청이나 쇼핑에는 열리지 않던 지갑이었다.

적극적이고 붙임성 있는 동생 옆에서 있는 듯 없는 듯 조용하던 아이의 누나는 예의 있게 고개를 숙였다. 남자는 그래도 섭섭한지 지갑에서 명함을 꺼내 아이에게 주었다.

"여기 전화번호 있어."

아이가 명함을 받아 들고 진지한 표정으로 말했다.

"할아버지, 제가 자주 전화는 못하지만, 주말에는 할게요. 평일에는 학원도 가야 하고 바빠서요."

아이의 말에 한바탕 폭소가 터졌다.

예고도 없이 항공기가 지연되어 복작거리는 공항에서 오래 대기해야 했다. 짐은 화물 처리를 다 했기에 하진과 수진이 하릴없이 두리번거리는데 여고 동창 팀 여자들도 서성거리고 있었다.

"차나 한잔하시죠?"

공항 안의 스낵코너를 가리키며 하진이 여자들을 이끌었다.

"커피 잘 마실게요, 여행은 어떠셨어요?"

대전 여자가 하진의 커피 값에 인사하며 물었다.

"오랜만에 동생과 여행하는 것만으로도 좋은 시간이었어요, 가이드만 좀 편했으면 더 좋았을 텐데……"

"그렇죠, 근데 안됐긴 하더라고요, 대체로 여행사 운영이 변칙적이라 여행객 연결까지만 해주고 차량을 포함해 가이드 비용은 안 주는가 봐요. 옵션과 쇼핑으로 빼내야 한대요. 패키지 여행 자주 다니는 반장님 쪽은 그런 내용 잘 아셨을 걸요."

"뭐라고요? 그 정도예요? 그래서 그렇게 죽을상이었구나."

하진은 깜짝 놀라 비명을 지를 뻔했다.

다만 이윤을 더 만들기 위해 저러나 보다 생각했지, 그럴 줄은 짐작하지 못했다. 그러고 보니 이들은 옵션 추가도 반대하지 않았고 쇼핑도 좀 했던 것 같다.

"우리 박물관 갔을 때요, 저희가 좀 일찍 밖으로 나왔다가 가이드가 아내하고 통화하는 걸 슬쩍 들었는데 애가 아파서 병원에 있나 봐요. 아내한테는 신경질을 내더니 애를 바꿔 통화를 하는지 목소리가 확 달라져서 걱정하지 마, 아빠가 곧 갈 거라고 하는데 다정하더군요."

"절박했구나, 그래서 그렇게……"

입을 열지 못하는 하진을 대신해 수진이 한탄했다.

김포공항에 도착한 하진과 수진은 짐을 찾아 게이트를 빠져나왔다.

하진이 택시를 잡으려고 하자 수진이 팔을 잡았다.

"언니야, 나는 여기서 역으로 바로 갈게. 언니만 집으로 들어가."

당연히 같이 집으로 가서 며칠 쉬다 내려갈 거라고 생각했던 하진은 화가 났다.

"너, 여행 계획 짤 때 서울에서도 며칠 있기로 했잖아."

"그랬는데 짐 풀고 다시 여미는 것도 성가시고 그냥 역으로 가서 내려가는 게 편하겠어. 언니네는 다음에 홀가분하게 놀러 올게."

"여기서 바로?"

"며칠 같이 잘 보냈으니 됐지, 언니도 피곤할 텐데 나 보내고 가서 푹 쉬어."

"그럼 같이 택시 타고 가다가 내려줄게."

"괜찮다 언니야, 짐도 있는데 중간에 내리고 하는 게 더 번거로워, 여기서 영등포역 가는 직행버스가 있더라고."

여지가 없다.

수진을 먼저 보낸 후 하진은 택시를 탔다.

서울 시내를 거쳐 익숙한 백화점 건물을 지나가며 하진은 수진의 목에 채워주려다 어긋난 진주 목걸이의 디자인을 상상했다.

소설가 장남수의 첫걸음

김남일(소설가)

인간의 모든 불행은 정확한 언어를 쓰지 않는 데서 온다, 고 말한 것은 알베르 카뮈였다.

박정희가 무려 18년에 걸쳐 대한민국의 제5대, 6대, 7대, 8대, 9대 대통령을 역임하는 동안 한국어 역시 유례없는 시련을 겪어야 했다. 이런 식이었다.

대한민국은 민주공화국이다
그러므로
대한민국의 국민 되는 요건은
민주공화당이 정한다
—정희성, 「유신헌법」

민주공화당은 황소가 상징이었다. 그들은 국민을 황소처럼 부렸다. 물론 그들은 되게 부지런해서, 새벽종을 울려 아직 곤한 잠에 빠져 있는 국민을 일일이 깨우는 수고도 마다하지 않았다. 애고 어른이고 여자고 남자고 예외가 없었다. 잠투정할 새도 없었다. 왜냐하면 유신 치하 대한민국 국민 모두의 어깨에는—일본 메이지 천황 시절의 「교육칙어」를 고스란히 베낀 듯한 「국민교육헌장」 첫머리에 적힌 대로—'민족중흥의 역사적 사명'이 걸려 있었기 때문이다. 1958년 경상남도 밀양의 한갓진 촌구석에서 태어난 장남수도 전대미문의 그 해괴한 사명을 피할 도리가 없었다.* 하지만 초등학교만 겨우 졸업한 열다섯 나이로 고향을 떠날 때 그의 가슴속엔 '산업전사'라거나 혹은 '수출역군'이 되어 나라에 보답하겠다는 거창한 포부 따위는 없었다. 사실 나라가 그에게 해준 건 아무것도 없었다. 그건 그의 아버지도 마찬가지였다. 착한 사람들이 대개 그렇듯이 험한 세상을 살아갈 용뻬는 재주가 없었던 그이는 오직 득남에 대한 의지 하나만큼은 확고했다. 또다시 집에서 두번째 딸로 태어난 그에게 굳이 사내 남(男) 자가 들어간 이름을 붙여준 것은 그 때문이었다.** 알고 보니 서울에 올

* 이 글을 쓰는 데 장남수의 『빼앗긴 일터, 그 후』(나의시간, 2020)에 크게 기댔다.
** 훗날 그는 스스로 그 남 자를 남녘 남(南) 자로 바꾼다.

라와 공장에 들어간 장남수의 주변에는 죄 그런 따위, 인간에 대한 예의라고는 눈곱만큼도 없는 작명의 주인공들만 지천이었다. 말자, 끝순이, 필남이, 종남이, 언년이, 이순이, 삼순이…… 심지어 어머, 가엾어라, 가엽이도 있었다.

그 시절, 나도 서울에 올라와 고등학교를 다녔다. 대개는 낙골(난곡) 이모 집에 있었는데 몇 개월은 그때 막 대방동에 들어선 농심라면 공장에 다니던 먼 일가붙이 누이하고 함께 자취 생활을 했다. 단칸방이었으되 크게 불편하지는 않았다. 누이가 수시로 야간작업을 했기 때문이다. 하동에서 올라온 누이의 이름은 또순이였다. 그 위아래로 또 몇 명의 순이 시스터즈가 있었는지! 사실 코앞에 닥쳐온 대학입시 때문에 내 코가 석 자였다. 나는 누이가 공장에서 라면을 만든다는 것만 알았지, 구체적으로 무슨 일을 어떻게 하는지는 물어보고 자시고 할 여유조차 없었다. 우리는 서로 전혀 다른 길을 가고 있었던 것이다. 그리고 훨씬 더 세월이 흘러서야 나는 그 시절을 떠올릴 때마다 두 볼이 화끈거리는 부끄러움 속에, 철야를 마치고 돌아오던 누이의 얼굴이 백지장처럼 창백했다는 사실만 겨우 기억해낼 뿐이었다. 누이는 방에 들어서는 대로 꼭 관만 한 좁은 다락으로 올라가 고단한 몸을 뉘었고, 나는 『성문종합영어』나 『해법수학』을 보면서 먹는 둥 마는 둥 밥을 뜨고는 서둘러 학교에 갔다. 내가 할 수 있는 최대한의 예의는, 한낮에나 겨우 일어날 한 사람의 노동계급을 위해 밥상보를 잘 덮어놓는 것뿐이었다.

장남수는 솔직히 운이 좋았다.

밀양에서는 진학을 못해 남들이 학교에 가 있는 동안 길바닥에 널린 돌멩이를 걷어차거나 가까운 강에 들어가 고동을 잡으며 시간을 보냈지만, 서울에 올라와서는 두어 개 작은 공장을 거쳐 곧바로 원풍모방에 들어갔기 때문이다. 한국의 노동운동사는 그 당시 원풍모방을 동일방직, 반도상사, 콘트롤데이타, YH무역, 청계피복 등과 더불어 대표적인 민주노조로 기록하고 있다. 이들 노동조합은 자신들이 속한 (유일한 상급기관으로서) 한국노총이 관제·어용·사이비 노동 귀족들의 도피처이자 부정부패의 복마전이라는 사실을 주저 없이 폭로했고, 그 때문에 혹독한 탄압을 피할 수 없었다. 그럼에도 불구하고 먼저 입사한 언니 장희수를 따라 원풍에 들어간 순간, 장남수는 전혀 다른 인간으로 다시 태어난다. 원풍모방노동조합은 초등학교를 겨우 마친 장남수에게 제2의 학교였다. 아니, 단순한 학교 이상으로 인생의 극적인 전환점이었다 해도 과언이 아니다.

장남수는 탈춤반에 들어가 신명 나게 탈춤을 추었다. 그것말고도 그는 특히 글 욕심, 책 욕심도 많았다. 다행히 노조 사무실에는 책이 무척 많았다. 한쪽 벽면을 가득히 채운 책을 보며 키 작은 장남수의 꿈은 장대처럼 쑥쑥 자랐다.

이 책들을 모조리 읽어야지!

자기네와 비슷한 처지의, 일본 제사공장 여공들의 이야기를 담은 『여공 20년 후』를 비롯하여 '미국노동운동비사'라는 부제를 단 『알려지지 않은 이야기』, 막심 고리키의 『어머니』, 『마더 존스』, 『마틴 루터 킹』 같은 실록 혹은 전기물들이 특히 그의 손때를 많이 탔다. 물론 그런 도서목록은 1972년 아직 민주노조로 전환하기 이전의 노동조합이 넘겨준 온갖 종류의 무협지를 비롯하여 『밤에 뜨는 태양』, 『사랑과 이별이 흐르는 강』, 『젊음이 밤을 만날 때』, 『왕비열전』, 『실록 태평양전쟁』 따위의 책들과는 전혀 그 곬을 달리했다.

장남수는 그저 행복한 독자로 만족할 생각은 없었다. 사실 원풍에 입사하자마자 그는 곧 글을 썼는데, 그 글이 당시 크리스천아카데미에서 발간하던 진보적 월간지 『대화』에 실렸다. 특히 글쓰기에 대한 그의 꿈을 북돋아준 것은 그와 비슷한 처지의 노동자 선배들이 쓴 『공장의 불빛』, 『어느 돌멩이의 외침』 같은 글이었다. 장남수는 그런 글을 읽으면서 자기가 곧 석정남이며 유동우이며 전태일이라고 생각했다. 물론 송기숙의 『자랏골의 비가』, 황석영의 『객지』, 김춘복의 『쌈짓골』 같은 소설이나 김지하의 『오적』 같은 시집도 바야흐로 무르익은 청춘의 계절로 접어들던 그에게 더없이 귀한 자양분이 되었다.

내가 장남수를 처음 만난 것은 6월항쟁 직후 방용석 지부

장의 부탁으로 원풍모방노동조합의 역사를 쓸 무렵이었을 것이다. 말이 집필이지 내가 할 일은 그저 순서를 정하고 약간의 서술을 보태 책의 꼴을 만드는 것에 지나지 않았다. 원풍모방이 다른 민주노조와 크게 다른 점이 있다면 모든 기록이거의 완벽하게 구비되어 있었다는 점이다. 그 점에서는 장차 책을 내기 위해서 사소한 물품 구매 서류 한 장까지 일부러 죄 챙겨둔 것처럼 보일 정도였다. 덕분에 작업은 일사천리로 진행되었다. 기억은 가물가물하지만 그때 아마 원풍 해고노동자들이 제집처럼 드나들던 신길동의 언덕바지 삼호연립 사무실에서 내 글쓰기를 곁에서 가장 많이 도와준 사람이 장남수가 아니었을까 싶다. 사실 그 무렵이면 해고노동자로서 장남수가 제 인생의 어떤 절정을 맞이하고 있었던 때였을지 모른다. 무엇보다 그때 그는 진작 『빼앗긴 일터』(창비, 1984)라는 책을 써서 자기가 곧 석정남이며 유동우며 전태일이라는 꿈을 현실로 이룬 이후였다. 그뿐만 아니었다. 6월항쟁 이후에는 용광로 쇳물처럼 전국을 펄펄 달구며 타오르던 노동운동의 열기 속에서 그를 부르는 곳도 많았고, 그 스스로 부지런히 찾아다녀야 할 곳도 수두룩했다. 당시 일각에서는 원풍모방노동조합은 물론이고, 원풍의 해고노동자들이 주축이 되어 만든 한국노동자복지협의회를 싸잡아 조합주의, 개량주의, 심지어 청산주의로 비판하는 풍조마저 없지 않았다. 하지만 그런 비판에 앞장서던 위인들에게도 신길동 삼호연립은 비밀회의를 하기 위해서나 수배 도중 몰래 하룻밤 고단한 몸을 뉠 때 없어서는 안 되는 소중한 보금자리였다. 나 역시 거기서 장남수의 도움과 조언을 받아가며 『민주노조 10년』(풀빛, 1988)을 썼다.

그 후엔 먹고살기 바빠서 딱히 서로의 근황을 챙길 여유는 없었다. 나는 서울살이에 지쳐 청주로 갔고, 장남수는 장남수대로 거젠가 어디에 산다는 소문만 보내왔다. 그리고 한참 세월이 더 흘러 나는 원풍의 노동운동사를 새로이 정리하는 임무를 맡았다. 당연히 장남수가 나타나 친구처럼 다시 곁을 지켜주었다. 그를 통해 박순희, 정선순, 양승화, 황선금 등 참혹한 탄압의 시절은 물론 그에 못지않게 즐겁던 원풍의 한 시절을 함께 보낸, 그러고도 모자라 '그 후'의 수십 년 세월을 함께 늙어온 역전의 용사들을 두루 만날 수 있었다. 원풍은 전보다 훨씬 많고 훨씬 잘 정리된 자료를 모아두었지만, 『민주노조 10년』 때보다 훨씬 많은 조합원들의 목소리를 담아낼수 있게 된 데에는 이래저래 장남수의 도움이 컸다. 마지막에는 시간에 쫓겼다. 나는 작가 단체의 사무총장직을 맡아 이명박 정권의 터무니없는 문화정책과 싸우느라 정신이 없는 와중에 책을 마무리해야 했다. 기억이 생생하다. 연희동 창작촌 골방에 틀어박혀 나는 내 세번째 장편소설 『천재토끼 차상문』(문학동네, 2010)의 집필을 끝내는 한편으로 원풍이 내게 부탁한 작업을 어떻게든 매듭짓기 위해 낮과 밤이 따로 없는 나날을 보냈다. 하루에 두어 갑 넘게 독한 88담배를 피워댔고, 열 잔 넘게 믹스커피를 마셔댔으며, 그러는 통에 간단없이 쓰려오는 배를 달래기 위해 노루모산을 숟가락째 퍼먹어댔다. 결국 나는 쓰러졌고, 난생처음 실시한 내시경 검사 끝에 주먹만 한 종양을 잘라내야 했다. 병석에 누운 나 대신 김영주와 김이정, 이재웅 등 내 동료들까지 힘을 보태, 다행히 그해 가을 원풍의 기념일에 맞춰서 무려 850여 쪽에 이르는 두툼한 『원풍모방노동운동사』(삶창, 2010)와 그 자매편인 원풍 노동자들의 구술생애사 『못다 이룬 꿈도 아름답다』(삶창, 2010)를 무사히 세상에 내보일 수 있었다.

2020년 장남수는 『빼앗긴 일터, 그 후』라는 신간을 보내왔다. 그 책을 통해 나는 내가 자세히는 몰랐던 해고 이후 장남수의 연대기를 상당 부분 꿰맞출 수 있게 되었다. 그러니까 그는 1987년 대우조선 노동자들의 투쟁을 기록하기 위해 거제로 내려간 이후 아예 그곳에 정착해 결혼도 하고 새롭게 경실련 운동에도 뛰어들었다. 한 가지 또 내가 몰랐던 것은, 그가 1987년 그때 막 「쇳물처럼」이라는 노동소설로 등단하자마자 주목을 받았던 정화진과 함께 공동소설을 쓰려고 했다는 사실이다. 그 무렵 내 벗이자 문학평론가인 김명인이 주재하던 무크지 『사상문예운동』에서는 새로운 민중적 문학운동을 위한 온갖 새로운 형식 실험을 시도했다. 장남수는 훌륭한 보고문학 작품 『거제도에서 온 편지』를 썼다. 역시 내 벗인 문학평론가 이재현은 그 작품에 대해 한계가 있지만 당대 노동 자계급의 전형적 투쟁의 모습을 선구적으로 그려내고 있다고 높게 평가했다. 나 역시 '제대로 된 르뽀'를 쓰기 위해 광주로 내려가 눈물 콧물 흘려가며 최루탄 자욱한 금남로 거리를 누볐던 기억이 어제인 듯 삼삼하다. 정화진과 장남수의 공동 작업은 실패로 끝났지만, 부평의 ㈜콜트 악기에 들어가 그 경험을 토대로 중편소설 「하나 되는 날」(1989)을 쓴 김인숙처럼 정화진도 목적의식적인 취재를 바탕으로 『철강지대』(풀빛, 1991)라는 장편을 완성했다.

거제 시절 장남수는 월급이야 보잘것없었지만 이미 '이름'도 있고 '힘'도 있는 훌륭한 일꾼이었다. 그런 그에게 영등포 시장에서 곱창 장사를 할 시절부터 장남수를 알고 지낸 홍일선 시인은 자신이 직접 농사를 지어 생산한 쌀을 보내지 못하는 안타까운 마음을 돈으로 대신 환산해 송금했다. 뿐만인가, 장남수의 편지를 받은 가수 안치환이 두말없이 거제로 달려와 멋진 콘서트를 한 일은 장남수에게나 거제경실련에게나 두고두고 자랑이리라.

2007년 장남수는 그간 가슴에만 꽁꽁 묻어두었던 꿈을 한 달음에 펼쳐낸다. 그 한 해, 그는 고입과 대입 검정고시를 연거푸 통과한 것은 물론, 내친김에 대학을 가기로 마음먹고 성공회대학 NGO 활동 특별전형에 지원하여 당당히 합격했다. 서울에 처음 올라와서 신정동 쪽박산 야학을 다니긴 했다지만, 그의 가슴속 응어리는 그제야 겨우 조금 녹아내렸을 것이다.

성공회대를 다닐 때 늙은 대학생 장남수가 얼마나 행복했을지 짐작하는 것은 어렵지 않다. 등굣길 학교 입구의 목련은 터질 듯 탐스러웠고, 라일락 향기 퍼지는 벤치에 앉아 스무 살짜리 딸보다 어린 동급생들과 조별 발표를 준비하고, 시험 때면 성적 걱정에 가슴을 조마조마 애를 태우다가도 가을날 강의실에서 낭만을 외치며 입 맞추어 야외수업을 조르고, 그러다가도 방학이 되면 또 아이처럼 들뜨는, 그는 명실상부한 대학생이었다. 어느 수업에서는 칠팔십년대 노동운동사가 주제였는데, 그때 장남수는 제가 쓴 수기 『빼앗긴 일터』가 교재로 언급되는 바람에 기쁘면서도 묘한 기분에 젖어들기도 했다.

그리고 다시 세월이 흘러, 나는 이렇게 그의 첫 소설집을 읽고 있다.

예상과 달리 그는 자신의 삶에서 가장 결정적일 주제 혹은 소재, 즉 '노동'에 대해 생각만큼 큰 비중을 두지 않았다. 하지만 이 말을 할 때 나는 신중해야 한다. 사실 민주노동조합에 가담했다는 이유로 저 끔찍한 삼청교육대에 끌려간 한 남자의 망가질 대로 망가진 후일담(「파문」)도 있고, 시위를 하다가 붙잡혀 빨갱이로 몰려 철창에 갇힌 채 부모의 가슴을 먹먹하게 만든 시절의 제 경험담도 엄연히 있기 때문이다.

유리 앞에서 니가 여기는 밥도 제때 잘 주고 책도 실컷 읽을
수 있고 야근도 안해서 잠도 실컷 잔다고, 걱정 말라꼬 그리 당돌
한 소리를 한 기 내 안 잊힌다. 그때 니도 놀랐다 캤제, 내도 니
아부지가 울 줄은 생각도 못했다. 시상천지 단단하고 잘난 사람
이 자식 앞에서는 그리 약해지뿌더라. 아이구, 속은 여려터진 인
사, 저승에서는 잘 사는지 모르겠다. 니는 그때는 에미 애비 억
장 무너지는데도 상글상글 웃더만 와 이제 우노?(「그기 머라꼬」,
133~134쪽)

그렇지만 작가는 첫번째 독자로서 내 기대를 쉽게 또 무너
뜨린다. 그의 작품에 굳이 '노동'이라는 갓머리를 씌우는 것
은 의미가 없다. 그것 말고도 이 첫 소설집에서 우리가 흥미
를 갖고 읽어낼 수 있는 바는 풍부하다. 예컨대 제주도에 내
려가 사는 최근의 경험을 고스란히 반영한 소설(「그 집에는」)
에서 그는 '집'을 둘러싸고 집주인과 세입자 사이에 벌어지는
실랑이를 실감 나게 묘사하는데, 독자들은 그 모든 자잘하면
서도 마치 눈앞인 듯 생생한 그림이 제주도라는 독특한 풍경
속에서 펼쳐지고 있다는 사실에 문득 감탄하게 되는 것이다.
가령 천생 '육짓것'일 수밖에 없는 신예 작가 장남수의 눈에
들어와 기어이 또 다른 '육짓것'인 우리에게까지 전해진 '체
내리는 집'과 '넋 들이는 집' 이야기는 그의 호기심 많은 눈길

이 장차 또 제주 이야기를 얼마나 넉넉하게 들려줄지 잔뜩 기대를 품게 한다.

물론 그는 이제 소설가로서는 첫발을 떼었을 뿐이다. 당연히 부족한 부분도 없지 않을 것이다. 글솜씨야 모든 작가의 고민이니 장남수 역시 스스로 더 갈고 닦으면 될 일이겠지만, 무엇보다 나로선 그의 소설을 통해 듣고 싶은 이야기가 쌔고 쌨다. 그에게는 가령 원풍 시절의 이야기도 『빼앗긴 일터』 시리즈보다 훨씬 세세하게, 그러면서도 소설답게 다시 그 꼴을 잘 다듬어 들려줄 의무가 있다. 더불어 내가 진짜 듣고 싶은 이야기는 그가 이제껏 살아오면서 만난 저 무수한 사람들에 관한 '수다'다. 그 속에 원풍 동지들은 물론이고, 이름만 대면 우리가 다 아는 저 숱한 유명인사들과의 만남도 굳이 피할 일은 아닐 것이다. 예를 들어 쪽박산 야학 시절 그를 가르친 대학생 선생님들 중에는 가수 김민기도 있었다고 한다. 정말이지 그때의 이야기를 더 듣고 싶다. 그 시절 야학 가건물에 내리꽂히던 햇살은 어떤 느낌이었는지, 선생님들은 어떤 옷을 입고 다녔고 혹시 그런 선생님 중 누구에게 가 닿지 못할 엽서나 일기를 쓴 학생은 없는지 등등. 그 시절 말고도 장남수는 우리에게 들려줘야 할 시절의 경험이 차고 넘치는, 어떤 면에서는 참으로 행복한 소설가다. 그걸 너무 거창하지는 않게, 비슷한 처지로 그가 한때 부러워한 『외딴 방』(문학동네, 1999)의 작가 신경숙처럼 써도 좋겠지만, 그 스스로 대단한 애독자였다는 고 박완서 선생님의 잔잔한 수다체를 본받아 써도 좋을 것이다. 물론 거기에 그는 우리가 함께 살아온 시대의 비루한 이면도 반드시 기억해서 기록해야 할 작가로서의 의무도 지닌다. 예컨대, 김아무개! 그자는 한때 노동운동의 동지였으되, 그것도 가장 급진적인 사회주의 노동운동을 주창한 이른바 '빨갱이' 노동운동가였으되, 어느 순간 백팔십도 다른 길로 접어들더니, 이제는 만인의 조롱을 자처하고서도 도무지 얼굴 한번 붉히지 않는 놀라운 철면(鐵面)의 위인이 되었다. 그자에 대해 장남수가 본 대로 느낀 대로 쓰는 이야기가 어찌 한 편의 훌륭한 소설이 아니 된다 하겠는가.

이제 소설가로서 첫발을 뗀 장남수에게 벌써 두번째 세번째 소설집을 기대하는 소이가 이러하다. 오늘의 그의 모습을 기다려온 숱한 동료들과 더불어 큰 박수로 그의 새 출발을 뜨겁게 응원한다.

소설 『페스트』(김화영 옮김, 민음사, 2011)에서 인간의 모든 불행이 정확한 언어를 사용하지 않는 데서 온다고 했던 카뮈는 또 다른 등장인물의 입을 통해서 이렇게도 말했다.

"아마 비웃음을 자아낼 만한 생각일지도 모르나, 페스트와 싸우는 유일한 방법은 성실성입니다."

장남수에 관한 한, 나는 그의 성실성이 우리 사회 도처의 페스트와 싸우는 데 적잖이 힘을 보태리라 믿는다.

소설이 아니면 쓸 수 없을 것 같은 이야기들이 와글와글 치밀면서도 엄두가 나지 않았다. 어렵게 자판을 두드리다 보면 어느새 내 그림자 안에서 맴돌고 있는 내 글이 익숙한 독백 같기만 했다. 이걸 소설이랄 수 있을까? 멈칫거릴 때마다 "젊은 작가들의 재기발랄한 작품이 아니더라도 충분히 읽을 만한 작품"이라고 말해준 한참 전의 어떤 격려를 떠올렸다.

도리가 없다고 생각한다. 나는 내가 지닌 만큼의 이야기들을 그저 쓸 수밖에. 되지도 않을 허영이나 허명에 기웃대지 않는 우직함이 가장 큰 힘이라는 것을 이 나이에 비로소 깨닫는다.

글쓰기를 놓은 적은 없지만, 작가라는 명칭은 여전히 어색하기만 하다. 그래도 놓지 않았기에 한 편 한 편 모을 수 있었다. 부끄러움은 남지만, 한 문장을 다듬기 위해 한나절을 보내기도 했던 몰입의 시간은 큰 기쁨이었다.

말은 뱉고 나면 뒤끝이 편치 않은 적이 많다. 쓸데없는 언어로 내 비루함만 드러낸 것 같아 뒤척이기도 한다. 입을 닫고 글을 쓰는 데 더 열중하자고, 다짐해보는 계절이다.

띄엄띄엄 써두었던 이 글을 묶을 용기를 낸 것은, 제주문화예술재단의 지원 덕이다. 꿈을 품게 격려한 토지문화관의 집필실도 잊을 수 없다. 확신 없는 작가의 첫 소설을 보듬어주고 정성껏 책을 만들어준 강출판사 정홍수 대표 및 편집진과, 분에 넘치는 발문과 추천사를 보내준 김남일, 김이정 작가의 한결같은 응원에도 큰 감사 드린다.

겨울이 깊어지고 있지만, 봄이 또 올 것이다. 머릿속에 떠오르는 소중한 사람들이 따뜻하게, 겨울을 잘 살아내면 좋겠다.

2022년 겨울
장남수

파문

1판 1쇄 발행 　|　 2022년 12월 30일

지은이 　|　 장남수
펴낸이 　|　 정홍수
편집 　|　 김현숙 이명주
펴낸곳 　|　 (주)도서출판 강
출판등록 　|　 2000년 8월 9일(제2000-185호)

주소 　|　 서울시 마포구 동교로17안길 21 (우 04002)
전화 　|　 02-325-9566
팩시밀리 　|　 02-325-8486
전자우편 　|　 gangpub@hanmail.net

값 14,000원
ISBN 978-89-8218-311-9　　03810

* 이 도서는 제주문화예술재단의 지원을 받아 발간되었습니다.